Les Dernières Cartes

Arthur Schnitzler

Les Dernières Cartes

Traduction de Brice Germain

Éditions Sillage

Titre original : *Spiel im Morgengrauen*

ISBN : 978-2-916266-57-2

Conception graphique : Laëtitia Loas.

Éditions Sillage
90, rue Cambronne
75015 Paris
http://editions.sillage.free.fr

Repères biographiques

1862 : Le 15 mai, naissance à Vienne d'Arthur Schnitzler, dans une famille juive non pratiquante. Il est le premier de quatre enfants. Johann Schnitzler, son père, issu d'une famille très pauvre, est un laryngologue de renom.

1871 : Entrée au lycée d'Arthur Schnitzler, qui écrit ses premières pièces de théâtre. Son père, désireux de le voir faire sa médecine, n'encourage pas ses penchants artistiques.

1875 : Le garçon s'éprend de sa voisine Fanny, dont il restera très proche durant sept ans.

1879 : Schnitzler entame des études de médecine pour lesquelles il ne se sent pas de vocation et qui révèlent chez lui une hypocondrie qui ne le quittera plus. Il fréquente les cafés, où il joue au poker, au billard et multiplie les conquêtes féminines. Cette même année, il entame la rédaction d'un journal qu'il tiendra jusqu'à la fin de sa vie et dont il affirmera à plusieurs reprises qu'il constitue son chef-d'œuvre.

1882-1883 : Schnitzler effectue son service militaire. De même qu'à l'université, il est confronté à un fort antisémitisme.

1885 : Schnitzler sort diplômé de la Faculté de médecine.

1886 : Malade, le jeune homme part se soigner à Merano, dans le Tyrol. Il se prend de passion pour Olga Waissnix, jeune femme mariée qui jouera un rôle déterminant dans l'affirmation de sa vocation d'écrivain. Leur relation restera platonique, mais ils entretiendront une correspondance qui durera jusqu'à la mort d'Olga. Il publie ses premiers poèmes en revue, sous le pseudonyme d'Anatole, et un récit sous son nom, *En attendant le dieu vaquant* (*Er wartet auf den vazierenden Gott*).

1887 : En septembre, Schnitzler devient assistant de son père à la Polyclinique de Vienne.

1888 : Johann Schnitzler envoie son fils passer six mois à Berlin et à Londres. Le jeune homme entame la rédaction d'*Anatole* (*Anatol*), cycle de sept pièces en un acte narrant les amours d'un jeune Viennois de bonne famille.

1889 : Schnitzler s'intéresse à l'hypnose. Il rencontre au printemps la jeune comédienne Marie Glümer, qu'il surnommera Mizi. Leur relation sera houleuse, Schnitzler refusant le mariage et se livrant à de multiples scènes de jalousie.

1890 : Il se lie avec le groupe d'artistes qui s'apprêtent à former la Jeune-Vienne – parmi eux, Richard Beer-Hofmann, Hermann Bahr, Felix Salten et Hugo von Hofmannsthal.

1891 : En mai, première de sa pièce *L'Aventure de sa vie* (*Das Abenteuer Seines Lebens*) à Vienne.

1892 : Rencontre Karl Kraus, avec qui il correspond quelque temps mais qui fait preuve d'une hostilité croissante envers les membres de la Jeune-Vienne. Se lie d'amitié avec Theodor Herzl. Publication d'*Anatole* en volume. Nombreuses liaisons.

1893 : En mai, mort de son père. Schnitzler ouvre un cabinet médical, mais continue d'habiter chez sa mère. En décembre, première de sa pièce *Conte de fées* (*Das Märchen*), qui fait scandale et est retirée de l'affiche après deux représentations. Schnitzler se lie avec Adele Sandrock, actrice célèbre qui tient le premier rôle dans sa pièce. Leur liaison, très orageuse, dure un an.

1894 : Rencontre Georg Brandes et Henrik Ibsen au Danemark. En juillet, fait la connaissance de Marie Reinhard, jeune comédienne qu'il surnommera Mizi 2 dans son journal – sa liaison avec la première dure encore. Parution de *Mourir* (*Sterben*) en revue – ce roman, repris en volume l'année suivante, lui fera connaître son premier succès, en Autriche et dans le monde.

1895 : En octobre, Schnitzler obtient la consécration quand sa pièce *Amourette* (*Liebelei*) est créée au Burgtheater de Vienne. Le même mois, signature d'un contrat d'exclusivité avec l'éditeur berlinois Fischer. Apparition de problèmes auditifs.

1896 : Entame la rédaction de *La Ronde* (*Reigen*).

1897 : Voyage à Paris et Londres avec Marie Reinhard, qui est enceinte. Il passe l'été sans elle et se lie avec une certaine Rosa Freudenthal, qu'il cherche à installer à

Vienne. À l'automne, Marie donne naissance à un fils mort-né. Décès d'Olga Waissnix.

1899 : Création du cycle *Au perroquet vert* (*Der grüne Kakadu*), comédie burlesque se déroulant à Paris, le 14 juillet 1789. Le directeur du théâtre retire la pièce de l'affiche, probablement sous les pressions de l'entourage de François-Joseph. Le 18 mars, Marie Reinhard succombe à une septicémie. Schnitzler en est durement touché – il commémorera chaque année cette date dans son journal. Voyage à pied et à bicyclette en Autriche, en compagnie de Beer-Hoffmann et de Jakob Wassermann, rencontré l'année précédente. En fin d'année, il revoit Fanny, son premier amour, veuve depuis quatre ans, et met très rapidement un terme à leur relation.

1900 : Schnitzler fait imprimer *La Ronde* à compte d'auteur, par peur de la réaction des autorités. Le 24 décembre, parution de la nouvelle *Le Sous-Lieutenant Gustel* (*Lieutenant Gustl*) dans le supplément de Noël de la *Neue Freie Presse*.

1901 : À la suite d'un procès dû à la publication du *Sous-Lieutenant Gustel*, Schnitzler perd son grade d'officier. L'auteur se prend de passion pour Olga Gussmann, sa cadette de vingt ans.

1902 : Olga accouche de leur fils Heinrich le 9 août.

1903 : Le 26 août, mariage avec Olga – à quarante ans passés, Schnitzler quitte la maison maternelle. La publication de *La Ronde* à Vienne et à Leipzig fait scandale.

1904 : En mars, interdiction de *La Ronde*. La mort de Herzl en juillet bouleverse Schnitzler, quoique l'engagement de son ami dans le sionisme les ait éloignés.

1905 : Schnitzler se lie avec Gustav et Alma Malher. Il connaît de sérieuses difficultés financières, et souffre de son hypocondrie et de ses problèmes d'audition, qui s'aggravent.

1907 : Entame une correspondance avec Stefan Zweig. Parution du recueil *Âmes crépusculaires* (*Dämmerseelen*).

1908 : Publication de *Vienne au crépuscule* (*Der Weg Ins Freie*), qui est un succès. Hofmannsthal, se reconnaissant dans l'un des personnages, prend ses distances avec lui.

1909 : « Année Schnitzler » au Deutsches Volkstheater de Vienne. Le 13 septembre, naissance de sa fille Lili.

1910 : Les Schnitzler s'installent dans une maison de la Sternwartestrasse, un quartier chic de Vienne. Première de sa pièce *Le Jeune Médard* (*Der Junge Medardus*).

1911 : Mort de sa mère.

1912 : Cinquantième anniversaire de l'auteur – vingt-six de ses pièces sont jouées dans des théâtre de langue allemande et Fischer fait paraître une nouvelle édition de ses œuvres complètes. Le 25 octobre, à Vienne, interdiction de sa pièce *Le Professeur Bernhardi* (*Professor Bernhardi*), qui aborde la question de l'antisémitisme dans les milieux médicaux.

1913 : Parution de *Frau Beate et son fils* (*Frau Beate Und Ihr Sohn*).

1914 : En juillet, entrée en guerre de l'Autriche-Hongrie. Schnitzler, pacifiste résolu, se refuse à prendre parti.

1916 : Nette dégradation de ses rapports avec sa femme. Olga rêve de faire une carrière de chanteuse lyrique et reproche à son mari de brider ses ambitions. Création de *Comédie des mots* (*Komödie Der Worte*). Entame la rédaction de son autobiographie, *Une jeunesse viennoise* (*Jugend in Wien*) qui ne paraîtra qu'à titre posthume.

1918 : Le 21 décembre, après levée de la censure, création de sa pièce *Le Professeur Bernhardi*, qui remporte un grand succès.

1919 : Schnitzler fait la connaissance de Hedy Kempny. Olga prend pour amant le musicien Wilhelm Gross.

1920 : La création de *La Ronde* à Berlin indigne l'opinion. Olga quitte le domicile conjugal.

1921 : Début janvier, retour d'Olga, puis nouveau départ après un mois. La création de *La Ronde* à Vienne, le 13 février, cause un scandale tel que la police doit intervenir. Le 17, la pièce est interdite. Le 26 avril, les Schnitzler divorcent : la garde des deux enfants est confiée au père et les ex-époux resteront très proches. En septembre, première du film de Cecil B. De Mille : *The Affairs of Anatol*.

1922 : Levée de l'interdiction de *La Ronde*, mais son auteur refuse toute représentation de sa pièce dans la langue originale. Pour ses soixante ans, il reçoit une lettre de Freud, qui dit le considérer comme son double. Ils se rencontrent en mai.

1923 : Projection du film *Der Junge Medardus*, dont il a rédigé le scénario. Schnitzler est nommé Président d'honneur du Pen-Club autrichien. Début de sa relation avec Clara Pollaczek, une amie d'enfance.

1924 : Voyage en Suisse. Parution de *Mademoiselle Else* (*Fräulein Else*), qui reprend le principe narratif du monologue intérieur, déjà utilisé dans le *Sous-lieutenant Gustel*. Première de *La Comédie des séductions* (*Komödie Der Verfürung*).

1925 : Vacances avec Olga et leur fille Lili dans le Tyrol, ainsi qu'à Milan, Florence et Venise. Parution de *La Nouvelle rêvée* (*Traumnovelle*).

1926 : L'été, Schnitzler repart avec Olga et sa fille, d'abord en Suisse puis à Venise, où il est rejoint par Clara Pollaczek et où Lili rencontre un jeune officier de la milice fasciste, Arnoldo Cappellini. De décembre 1926 à janvier 1927, publication des *Dernières Cartes* (*Spiel im Morgengrauen*) dans le *Berliner Illustrierte Zeitung*.

1927 : Un film est tiré de *Liebelei*, réalisé par Jacob et Louise Fleck. La pièce sera de nouveau adaptée en 1933 par Max Ophüls. Le 30 juin, mariage de Lili avec Arnoldo Cappellini.

1928 : En avril, croisière avec sa fille et son mari. Le 26 juillet, à la suite d'une querelle entre époux, sa fille se tire une balle dans la poitrine. La blessure n'est pas mortelle, mais Lili est emportée le lendemain par une septicémie. L'événement affecte terriblement Schnitzler, qui ne s'en remettra jamais. En novembre, il rencontre Suzanne Clauser, jeune femme d'à peine trente ans qui deviendra sa traductrice en français sous le nom de Dominique Auclères.

1929 : *Mademoiselle Else* est adapté au cinéma par le réalisateur Paul Czinner.

1930 : Voyages à Saint-Moritz, Marienbad et Berlin.

1931 : Rupture avec Clara. En mai, publication de *L'Appel des ténèbres* (*Flucht in die Finsternis*). Projection à Vienne de *Daybreak*, film parlant de Jacques Feyder, inspiré de *Spiel im Morgengrauen*. Le 31 octobre, Arthur Schnitzler succombe à une hémorragie cérébrale.

Repères bibliographiques

Spiel im Morgengrauen fut publié dans l'hebdomadaire berlinois *Berliner Illustrierte Zeitung*, du 5 décembre 1926 au 9 janvier 1927, puis repris en volume chez Fischer, à Berlin, en 1927. Une précédente traduction française avait paru en 1953 sous le titre *Les Dernières Cartes*, à Paris, aux éditions Calmann-Lévy. Elle était due à Dominique Auclères (pseudonyme de Suzanne Clauser).

Œuvres en allemand

Romans, récits, théâtre

Die Erzählenden Schriften, Francfort-sur-le-Main, Fischer, 1961, 2 vol.

Die Dramatischen Werke, Francfort-sur-le-Main, Fischer, 1962, 2 vol.

Autobiographie

Jugend in Wien, Vienne-Munich-Zurich, Fritz Molden, 1968.

Journal

Tagebuch 1879-1931, Vienne, Verlag der Österreichischen Akademie der Wissenschaften, 1987-2000, 10 vol.

Correspondance

Briefe 1875-1912, Francfort-sur-le-Main, Fischer, 1981.

Briefe 1913-1931, Francfort-sur-le-Main, Fischer, 1984.

Liebe, die starb vor der Zeit [correspondance avec Olga Waissnix], Vienne-Munich-Zurich, Fritz Molden, 1970.

Aphorismes

Buch der Sprüche und Bedenken, Vienne, Phaidon, 1927.

Der Geist im Wort und der Geist in der Tat, Berlin, Fischer, 1927.

Divers

Entworfenes und Verworfenes [fragments et articles inédits], Francfort-sur-le-Main, Fischer, 1977.

Medizinische Schriften [écrits médicaux], Francfort-sur-le-Main, Fischer, 1991.

Notizen zu Lektüre und Theaterbesuchen (1849-1927), in *Modern Austrian Literature*, vol. 6, n° 3 et 4, Binghamton, State University of New York at Binghamton, 1973.

Traductions françaises

Romans et récits

Romans et nouvelles. 1 (1885-1908), trad. de Maurice Rémon, Wilhelm Bauer, Suzanne Clauser, Dominique Auclères, Robert Dumont, Philippe Forget et Pierre Gallissaires, Paris, Le Livre de Poche, 1994.

Romans et nouvelles. 2 (1909-1931), trad. de Dominique Auclères, Henri Christophe, Philippe Forget, Pierre Gallissaires, Alzir Hella, Olivier Bournac, Paule Hofer-Bury, Maurice Rémon, Brigitte Vergne-Cain et Gérard Rudent, Paris, Le Livre de Poche, 1996.

Théâtre

Anatole, suivi de *La Compagne*, trad. de Maurice Rémon et Maurice Vaucaire, Paris, Stock, 1913 (Autres traductions : Dominique Auclères, in *Le Théâtre d'Arthur Schnitzler*, Paris, Le Livre de poche, 1975 ; Henri Christophe, Arles, Actes Sud, 1989).

L'Appel de la vie, trad. de Frédéric Lohest, Arles, Actes Sud, 1999.

Au perroquet vert, trad. de Marie-Louise Audiberti et Henri Christophe, Paris, Papiers, 1986.

Le Chemin solitaire, trad. de Michel Butel, Arles, Actes Sud, 1989.

Comédie des mots [contient *L'Heure des vérités*, *La*

Grande Scène, *La Fête de Bacchus*], trad. de Gabriel Brennen et Henri Christophe, Arles, Actes Sud, 1989.

Comédie des séductions, trad. de Henri Christophe, Arles, Actes Sud, 1995.

Heures vives [contient *Heures vives*, *La Femme au poignard*, *Les Derniers Masques*, *Littérature*], trad. de Henri Christophe, Arles, Actes Sud, 1990.

Interlude, trad. de Caroline Alexander et Henri Christophe, Arles, Actes Sud, 1991.

Le Jeu de l'amour et du vent, trad. de Henri Christophe, Arles, Actes Sud, 2005.

Le Jeune Médard, trad. de Michel Trémousa, Arles, Actes Sud, 1996.

Les Journalistes, trad. de Caroline Alexander, Arles, Actes Sud, 1991.

Liebelei, trad. de Suzanne Clauser, *La Petite Illustration*, n° 648, 1933 (nouvelle traduction de Jean-Louis Besson, Arles, Actes Sud, 1989).

Marionnettes [contient *Le Marionnettiste*, *Cassian le Téméraire*, *Au Grand Guignol*], trad. de Henri Christophe, Arles, Actes Sud, 1992.

Le Professeur Bernhardi, trad. de Henri Christophe, Arles, Actes Sud, 1994.

La Ronde, trad. de Maurice Rémon et Wilhelm Bauer, Paris, Stock, 1912 (Autres traductions : Evelyne Sznycer, Bruxelles, La Monnaie de Munt, 1993 ; Henri Christophe, Arles, Actes Sud, 1987 ; Constance Laufer et Arthur Peijs, Paris, Stock, 2008 [hors commerce]).

Terre étrangère, trad. de Michel Butel et Luc Bondy, Nanterre, Éditions Nanterre-Amandiers, 1984.

Autobiographie

Une jeunesse viennoise, trad. de Nicole et Henri Roche, Paris, Hachette, 1987.

Correspondance

Lettres aux amis 1886-1901, trad. de Jean-Yves Masson, Paris, Rivages, 1991.

Arthur SCHNITZLER, Stefan ZWEIG, *Correspondance*, trad. de Gisella Hauer et Didier Plassard, Rivages, 1991.

Aphorismes

Relations et solitudes, trad. de Pierre Deshusses, Paris, Rivages, 1988.

La Transparence impossible, trad. de Pierre Deshusses, Paris, Rivages, 1990.

Études critiques

BAUMER Franz, *Arthur Schnitzler*, Berlin, Colloquium Verlag, 1992.

CERCIGNANI Fausto (éd.), *Studia Schnitzleriana*,

Alessandria, Edizioni dell'Orso, 1991.

DERRÉ Françoise, *L'Œuvre d'Arthur Schnitzler : imagerie viennoise et problèmes humains*, Paris, Didier, 1966.

FLIEDL Konstanze, *Arthur Schnitzler*, Stuttgart, Reclam, 2005.

LE RIDER Jacques, *Arthur Schnitzler ou La Belle Époque Viennoise*, Paris, Belin, 2003.

LE RIDER Jacques (éd.), *Arthur Schnitzler*, *Austriaca*, n° 39, Mont-Saint-Aignan, Centre d'études et de recherches autrichiennes de l'Université de Rouen, décembre 1994.

LORENZ Dagmar, *A Companion to the Works of Arthur Schnitzler*, Rochester, Camden House, 2003.

LUPRECHT Mark, *What people call pessimism (S. Freud, A. Schnitzler and the Nineteenth-Century Controversy at the University of Vienna medical school)*, Riverside, Ariadne Press, 1991.

PERLMANN Michaela, *Arthur Schnitzler*, Stuttgart, Metzler Verlag, 1987.

POLT-HEINZL Evelyne, *Arthur Schnitzler, Leutnant Gustl*, Stuttgart, Reclam, 2000.

RAVY Christiane et RAVY Gilbert, *Arthur Schnitzler : actes du colloque du 19-21 octobre 1981 organisé par l'Institut autrichien de Paris*, Paris, Presses universitaires de France, 1983.

ROBERTS Adrian Clive, *Arthur Schnitzler and Politics*, Riverside, Ariadne Press, 1989.

SAUVAT Catherine, *Arthur Schnitzler*, Paris, Fayard, 2007.

SCHEIBLE Hartmut, *Arthur Schnitzler*, Reinbek, Rowohlt, 1976.

SCHNITZLER Olga, *Spiegelbild der Freundschaft*, Salzbourg, Residenz Verlag, 1962.

SCHWARZINGER Heinz, *Arthur Schnitzler, auteur dramatique*, Arles, Actes Sud, 1989.

URBACH Reinhard, *Schnitzler-Kommentar*, Munich, Winkler Verlag, 1974.

WAGNER Renate, *Schnitzler et les femmes*, trad. de Robert Dumont, Paris, Stock, 1990.

WEINZIERL Ulrich, *Arthur Schnitzler – Lieben Träumen Sterben*, Francfort-sur-le-Main, Fischer Verlag, 1994.

WISELY Andrew, *Arthur Schnitzler and the Discourse of Honor and Duelling*, New York, Peter Lang, 1996.

WUNBERG Gotthart, *Arthur Schnitzler*, Munich, Text + Kritik, 1998.

Les Dernières Cartes

Chapitre I

« Mon lieutenant !... Mon lieutenant !... Mon lieutenant !... » Le jeune officier ne broncha qu'au bout du troisième appel. Il s'étira, leva la tête vers la porte, encore tout ensommeillé au milieu de ses oreillers, et grommela : « Qu'y a-t-il ? » Puis il reprit ses esprits et, lorsqu'il distingua, dans la pénombre, son ordonnance qui se tenait dans l'entrebâillement de la porte, il cria :

– Par tous les diables, que se passe-t-il de si bonne heure ?

– C'est un monsieur, en bas, dans la cour, qui désire s'entretenir avec mon lieutenant.

– Comment ça, un monsieur ? Quelle heure peut-il donc être ? Ne vous ai-je pas dit de ne jamais me réveiller le dimanche ?

L'ordonnance s'approcha du lit et tendit une carte de visite à Wilhelm.

– Vous me prenez pour un hibou capable de lire dans l'obscurité, espèce d'imbécile ? Ouvrez les rideaux !

Avant même que l'officier eût fini d'en donner l'ordre, Joseph avait ouvert les battants intérieurs de la fenêtre et tiré sur une corde pour soulever un rideau d'un blanc sale. Le lieutenant, à moitié dressé sur son lit, put alors lire le nom inscrit sur la carte ; il la laissa retomber sur la couverture, la considéra encore une fois, frotta ses cheveux blonds coupés courts, ébouriffés comme chaque matin, et réfléchit rapidement. *L'éconduire ? Impossible. Au fond, je n'ai aucune raison de le faire. Ce n'est pas parce qu'on reçoit quelqu'un qu'on entretient forcément des relations étroites avec lui. Par ailleurs c'est uniquement à cause de ses dettes qu'il a été contraint de quitter l'armée. D'autres ont plus de chance, tout simplement. Mais qu'attend-il de moi ?* Il s'adressa de nouveau à son ordonnance :

– De quoi a-t-il l'air au juste, le lieut... monsieur von Bogner ?

Joseph répondit avec un large sourire empreint d'une certaine mélancolie :

– Sauf votre respect, mon lieutenant, monsieur von Bogner avait plus fière allure en uniforme.

Wilhelm se tut un instant puis s'assit correctement dans son lit :

– Bien, faites-le entrer. Et que monsieur... que le lieutenant veuille bien me pardonner si je n'ai pas encore fini de me préparer. Ah, écoutez, au cas où un officier me demanderait, le lieutenant Höchster, le lieutenant Wengler, le capitaine ou qui que ce soit, répondez-leur que je suis sorti. Compris ?

Tandis que Joseph fermait la porte derrière lui, Wilhelm enfila rapidement un vêtement, mit de l'ordre dans ses cheveux en quelques coups de peigne et jeta un œil dans la cour encore déserte de la caserne. Lorsqu'il vit son ancien camarade y faire les cent pas, la tête basse, le chapeau raide et noir enfoncé sur le front, un pardessus jaune entrouvert sur les épaules et des souliers un peu poussiéreux, il en conçut presque de la peine. Il ouvrit la fenêtre et était sur le point d'attirer son attention d'un signe de la main, de le saluer à pleine voix, mais ce fut justement à cet instant que son ordonnance vint à la rencontre du visiteur. Wilhelm devina aux traits tendus de son vieil ami que celui-ci attendait la réponse avec inquiétude. Elle s'avérait positive, et le visage de Bogner s'éclaircit. Il suivit Joseph et disparut par le porche sous la fenêtre de Wilhelm. Le lieutenant la referma, comme si l'entretien qui allait suivre exigeait en fin de compte qu'on prît une telle précaution. Au même moment s'évanouit le parfum de sous-bois et de printemps qui imprégnait habituellement la cour de la caserne lors de ces heures matinales du dimanche, alors qu'on ne le remarquait pas, curieusement, les autres jours de la semaine. *Peu importe ce qui arrive*, pensa Wilhelm, *et d'ailleurs que pourrait-il arriver ? Rien ne m'empêchera de me rendre à Baden aujourd'hui, et je déjeunerai à* La Ville de Vienne*, si toutefois les Kessner ne m'invitent pas à manger comme la dernière fois.*

– Entrez ! s'écria Wilhelm, et il tendit la main à son invité avec un empressement excessif. Bien le bonjour, Bogner, je suis vraiment ravi de te voir. Tu ne veux pas te débarrasser de ton pardessus ? Oui, regarde un peu autour de toi, tout est comme avant. La pièce n'est pas non plus devenue plus spacieuse. Mais il y a assez de place dans le plus petit cabanon pour un heureux couple...[1]

Otto souriait poliment, comme s'il remarquait la gêne de Wilhelm et qu'il souhaitait l'aider à s'en dépêtrer.

– J'espère que cette référence au petit cabanon a parfois plus de raison d'être qu'en ce moment, dit-il.

Wilhelm éclata d'un rire plus sonore que nécessaire :

– Pas souvent, hélas ! J'ai une vie plutôt solitaire. Je peux même t'assurer qu'aucun pied de femme n'a foulé le sol de cette chambre depuis au moins six semaines. Platon était un enfant de chœur comparé à moi. Mais assieds-toi donc !

Il libéra un siège d'un tas de linge qu'il posa sur le lit.

– Et peut-être puis-je te proposer de prendre une tasse de café avec moi ?

– Merci, Kasda, ne te dérange pas pour moi. J'ai déjà pris mon petit déjeuner... En revanche, je fumerais volontiers une cigarette, si tu n'y vois pas d'inconvénient...

Wilhelm ne permit pas à Otto de se servir dans son propre étui, et lui indiqua la petite table où se trouvait une boîte de cigarettes entamée. Le lieutenant lui offrit du feu, Otto tira en silence quelques bouffées et son regard tomba sur le tableau qu'il connaissait bien, accroché sur le

---

1. « Mais il y a assez de place dans le plus petit cabanon pour un heureux couple qui s'aime », dernier vers du poème de Friedrich Schiller, *Le jeune homme au ruisseau* (*Der Jüngling am Bache*).

mur au-dessus du divan de cuir noir, qui représentait un steeple-chase d'officiers datant d'une époque depuis longtemps révolue.

– Raconte-moi, maintenant, dit Wilhelm, comment vas-tu ? Comment se fait-il qu'on n'ait plus eu de nouvelles de toi ? Lorsque nous nous sommes fait nos adieux, il y a deux ou trois ans, tu m'avais pourtant promis que de temps en temps...

– Peut-être valait-il mieux que je disparaisse sans plus donner de nouvelles, l'interrompit Otto, et il aurait certainement été préférable que je ne fusse pas contraint de venir ici aujourd'hui.

Wilhelm fut passablement surpris de le voir s'asseoir à une extrémité du divan, l'autre étant chargée d'une pile de livres fatigués.

– Comme tu peux t'en douter, Willi, reprit son ancien camarade d'une voix tranchante, à la diction précipitée, ma visite aujourd'hui, à une heure si inhabituelle, car je sais que tu aimes dormir tout ton soûl le dimanche, cette visite a naturellement un but, sans quoi je ne me serais bien sûr pas permis... Bref, je viens faire appel à notre vieille amitié, ne pouvant malheureusement plus parler de notre camaraderie. Inutile de pâlir, Willi, ce n'est pas si grave, il s'agit de quelques florins qu'il me faut avoir demain matin, sans quoi il ne me restera plus – sa voix s'éleva, martiale, dans un bruit de crécelle – eh bien, qu'à opter pour la solution la plus digne, que j'aurais dû choisir il y a deux ans déjà.

– Mais que me racontes-tu là, enfin ? dit Wilhelm, tançant amicalement son ex-camarade, tout en éprouvant une certaine gêne.

L'ordonnance apporta le petit déjeuner et s'éclipsa de nouveau. Willi se servit. Il avait un goût amer dans la bouche, et le fait de ne pas encore avoir eu l'occasion de faire sa toilette lui était désagréable. Par ailleurs, il avait prévu de prendre un bain de vapeur sur le chemin de la gare. Tout compte fait, il pouvait arriver à Baden aux alentours de midi. Il n'avait aucun engagement, et s'il arrivait en retard, ou même s'il ne venait pas, personne ne s'en soucierait réellement, ni ces messieurs du café Schopf, ni mademoiselle Kessner. Peut-être sa mère, qui n'était d'ailleurs pas mal non plus, s'en apercevrait-elle.

– Sers-toi donc, je t'en prie, proposa-t-il à Otto, qui n'avait pas encore porté la tasse à ses lèvres.

Ce dernier but une gorgée d'un trait et se lança aussitôt :

– Je tâcherai d'être bref : tu sais peut-être que je suis employé comme caissier dans un bureau d'installations électriques, depuis trois mois environ. D'où tiendrais-tu cette information, du reste ? Tu ne sais même pas que je suis marié et que j'ai un enfant, un bambin de quatre ans. En réalité il était déjà né quand j'étais encore à la caserne. Personne ne le savait. Enfin, comme tu peux l'imaginer, ma vie n'a pas toujours été agréable. Particulièrement l'hiver dernier, le petit était malade... Mais il n'est pas intéressant de rentrer dans les détails. J'ai dû retirer de l'argent de la caisse à plusieurs reprises. J'ai toujours remboursé ce que je devais dans les temps. Cette fois, la somme est un peu plus importante que d'habitude, hélas – il s'interrompit tandis que Wilhelm remuait une cuillère dans sa tasse – et le malheur, je viens de l'apprendre par hasard, c'est que l'usine va procéder à un contrôle lundi, demain donc. Nous ne sommes qu'une filiale, tu comprends, et seules des sommes tout à fait insignifiantes circulent chez nous. Moi-même, je ne leur dois qu'une bagatelle, vraiment : neuf cent soixante florins. Je pourrais aussi bien dire mille, pour arrondir le chiffre, mais il s'agit de neuf cent soixante florins. Et je dois les récupérer avant huit heures et demie demain matin, sinon... enfin, tu me rendrais là un vrai service, Willi, si tu pouvais me...

Soudain, il ne fut plus capable de continuer. Willi se sentait un peu honteux pour lui, pas tellement à cause de cette petite malversation, ou plutôt de ce détournement, si l'on souhaite appeler les choses par leur nom, que son ancien camarade avait commis, mais surtout parce que l'ex-lieutenant Otto von Bogner, qui était encore il y a quelques années un officier avenant, aisé et plein d'allant, se tenait à présent avachi au bord du divan, la mine blafarde, la gorge nouée de sanglots.

Il posa la main sur son épaule.

– Allons, Otto, ne te laisse pas aller de cette façon.

Et comme l'autre le contemplait, troublé, craintif, après cette entrée en matière peu encourageante, il poursuivit :

– C'est un fait que je suis plutôt à sec. Tout ce que je possède, c'est à peine cent florins. Cent vingt, pour être comme toi tout à fait exact. Bien entendu, tu peux disposer de cette somme jusqu'au dernier kreutzer. Mais si nous nous donnons un petit peu de peine, nous devrions arriver à trouver un moyen.

Otto l'interrompit :

– Tu penses bien que j'ai déjà épuisé toutes les autres possibilités. Il n'est pas nécessaire de perdre notre temps à nous creuser la tête inutilement, d'autant que je suis venu te faire une proposition précise.

Wilhelm le fixa dans les yeux avec inquiétude.

– Imagine-toi dans une situation aussi embarrassante, Willi. Que ferais-tu ?

– Je ne suis pas sûr de comprendre, remarqua Wilhelm, éludant la question.

– Bien sûr, je sais que tu n'as encore jamais retiré d'une caisse de l'argent qui ne t'appartenait pas. Une telle chose ne peut arriver que dans la vie civile, naturellement. Mais enfin, si jamais tu avais l'urgent besoin de trouver une certaine somme, pour une raison moins criminelle, vers qui te tournerais-tu ?

– Je te demande pardon, Otto, je n'ai encore jamais réfléchi à la question et j'espère... J'ai parfois eu des dettes moi aussi, je ne le nie pas. D'ailleurs, le mois dernier Höchster a accepté de me prêter cinquante florins que je lui ai rendus, comme il se doit, au premier du mois suivant. C'est justement pourquoi je suis un peu à court en ce moment. Mais mille florins, mille... je ne saurais absolument pas comment me les procurer.

– Vraiment pas ? demanda Otto en le fixant du regard avec insistance.

– Si je te le dis.

– Et ton oncle ?

– Quel oncle ?

– Ton oncle Robert.

– Pourquoi penses-tu à lui ?

– Cela me paraît naturel. Il t'a parfois apporté de l'aide. Et il te verse régulièrement une pension.

– Cela fait longtemps maintenant que je ne reçois plus rien de lui, répondit Willi, contrarié par le ton de son ancien camarade, qu'il estimait déplacé en cet instant. Et je ne parle pas uniquement de la pension. L'oncle Robert est devenu un original. La vérité, c'est que je ne l'ai pas vu depuis plus d'un an. La dernière fois que je lui ai demandé exceptionnellement une somme ridicule, il s'en est fallu de peu qu'il me jette à la porte.

– Hum, fit Bogner en se frottant le front. Tu exclus donc complètement cette possibilité ?

– J'espère que tu ne doutes pas de moi, rétorqua Wilhelm avec une pointe d'aigreur.

Bogner se leva soudain du divan, poussa la table sur le côté et se dirigea vers la fenêtre.

– Nous devons essayer, déclara-t-il avec fermeté. Absolument. Pardonne-moi, mais il le faut. Le pire qu'il puisse t'arriver, c'est qu'il te dise non, et peut-être pas dans les termes les plus choisis, je le reconnais. Mais comparé à ce qui m'attend si je n'ai pas demain matin ces quelques misérables florins sur moi, tout ceci n'est rien d'autre qu'un petit désagrément.

– C'est possible, dit Wilhelm, mais un désagrément parfaitement inutile. S'il existait la moindre chance... Tu ne doutes quand même pas de ma bonne volonté. Du diable s'il n'existe pas d'autres solutions ! Par exemple, ne te fâche pas, je viens d'y penser, qu'en est-il de ton cousin Guido qui possède un bien près d'Amstetten ?

– Willi, répondit calmement Otto, tu penses bien que lui non plus ne peut pas m'aider. Sinon je ne serais pas là. En fait, il n'y a pas une personne, sur la terre entière...

Willi dressa tout à coup un doigt vers le ciel, comme s'il venait d'avoir une idée.

Bogner le regarda, plein d'espoir.

– Et Rudi Höchster ? Si tu tentais ta chance auprès de lui ? Il a touché un héritage il y a quelques mois. Vingt ou vingt-cinq mille florins, il doit sûrement en rester quelque chose !

Bogner fronça les sourcils et répondit, sur un ton hésitant :

– J'ai déjà écrit à Höchster voilà trois semaines, alors que l'affaire n'était pas trop pressante, lui demandant bien moins que mille florins, et il n'a même pas daigné me répondre. Tu le vois bien, il ne reste plus qu'une issue : ton oncle.

Et voyant Willi hausser les épaules :

– Je le connais, Willi, un vieil homme si charmant, si adorable. Nous sommes sortis ensemble plusieurs fois au théâtre et au *Riedhof*, il s'en souvient certainement ! Oui, pour l'amour du ciel, il ne peut pas avoir ainsi changé du tout au tout...

Impatienté, Willi l'interrompit :

– Et pourtant il semble bien que si. Moi-même je ne sais pas ce qui lui est arrivé. Mais il est courant qu'entre cinquante et soixante ans on puisse changer de manière aussi étrange. Je ne peux pas te dire mieux : je n'ai pas mis les pieds chez lui depuis plus d'un an, et pour tout dire je n'y retournerai plus, sous aucun prétexte.

Bogner regardait droit devant lui. Puis il leva brusquement la tête, considéra Willi d'un air absent et dit :

– Eh bien, je te présente mes excuses. Au revoir.

Il prit son chapeau et s'apprêta à partir.

– Otto ! cria Willi, j'ai peut-être encore une idée.

– Encore une ! Comme c'est drôle.

– Allons, écoute-moi, Bogner. Je me rends aujourd'hui en ville, à Baden. Parfois, le dimanche après-midi, nous sommes quelques-uns à jouer au café *Schopf*, au vingt-et-un ou au baccara, cela dépend. Évidemment, quand il m'arrive de jouer, c'est en toute modestie. Je m'y suis essayé trois ou quatre fois, plus par amusement que par intérêt. Le principal organisateur est Tugut, le médecin du régiment, qui a d'ailleurs une veine de pendu, le lieutenant Wimmer est habituellement de la partie, lui aussi, ainsi que Greising, du 77e... mais tu ne le connais pas. Il est en ville pour y suivre un traitement suite à une vieille histoire. On y trouve également quelques civils : un avocat de Baden, le secrétaire du théâtre, un acteur, et un vieil homme, un certain consul Schnabel. Il entretient là-bas une relation avec une chanteuse d'opérette, ou plus exactement une choriste qui sort légèrement du lot. C'est lui, la vache à lait. Il y a quinze jours, Tugut l'a soulagé d'au moins trois mille florins, d'un coup. Nous avons joué jusqu'à six heures du matin sous la véranda ; nous entendions les oiseaux chanter. Les cent vingt florins que je possède encore, je les dois uniquement à ma persévérance, sans quoi je serais sur la paille. Allons, tu sais quoi, Otto ? Je vais risquer cent florins de cette somme pour toi, aujourd'hui même. Je sais que les chances sont minces, mais Tugut n'en a misé que cinquante la dernière fois et il a quitté la table avec trois mille en poche. Et puis nous avons un autre atout : cela fait des mois que je n'ai pas eu la moindre chance en amour. Peut-être pouvons-nous davantage nous fier aux proverbes qu'aux hommes.

Bogner restait muet.

– Eh bien, que penses-tu de mon idée ? demanda Willi.

Bogner haussa les épaules :

– Je te remercie beaucoup en tout cas, évidemment je ne dis pas non, quoique...

– Il est certain que je ne peux rien te garantir, l'interrompit vivement Wilhelm, avec un peu d'irritation, mais après tout on ne risque pas grand chose. Si je gagne, c'est-à-dire, quand j'aurai gagné, mille florins te reviendront, au moins mille. Et si par hasard la chance me souriait particulièrement...

– N'en promets pas trop, dit Otto avec un sourire terne. Mais je ne veux pas te retenir plus longtemps. Moi-même, j'ai à faire. Demain matin, je me permettrai de venir... ou plutôt je t'attendrai à sept heures et demie, de l'autre côté, devant l'église de l'Als.

Et il ajouta dans un rire amer :

– Ainsi, nous pourrons nous rencontrer comme par hasard !

Bogner poursuivit aussitôt, empêchant Willi de lui répondre :

– Par ailleurs, je ne vais pas rester les bras croisés. Je dispose encore de soixante-dix florins. Je les jouerai aux courses cet après-midi, sur la Zehn-Kreuzer-Platz, naturellement.

Il s'avança jusqu'à la fenêtre, observa la cour de la caserne.

– La voie est libre, dit-il, et sa bouche se tordit en un rictus.

Il releva son col, tendit la main à Willi et s'en alla.

Wilhelm poussa un léger soupir, s'accorda un moment de réflexion puis finit rapidement de se préparer. Son vieil uniforme ne lui convenait plus, du reste. S'il réussissait à gagner aujourd'hui, il était bien décidé à s'offrir au moins une nouvelle tunique. Compte tenu de l'heure, il abandonna l'idée de prendre un bain de vapeur. En revanche il lui fallut à tout prix se faire conduire en fiacre à la gare. Débourser deux florins n'avait réellement plus d'importance, un jour comme celui-ci.

CHAPITRE II

Lorsqu'il descendit du train à Baden vers midi, il était loin d'être de mauvaise humeur. Le lieutenant-colonel Wositzky, un homme parfaitement détestable en service, l'avait salué le plus aimablement du monde, à la gare de Vienne, et deux jeunes filles dans son compartiment avaient minaudé avec lui d'une si agréable manière qu'il se réjouit presque, en raison du programme de sa journée, qu'elles ne descendent pas au même arrêt que lui. Malgré ses excellentes dispositions, il ne pouvait s'empêcher, en son for intérieur, d'adresser des reproches à Bogner, son ancien camarade, pas vraiment pour s'être servi dans la caisse, ce qui pouvait se justifier au vu des épreuves malheureuses qu'il avait dû traverser, mais bien plutôt pour cette stupide histoire de jeu, qui avait tout bonnement ruiné sa carrière, voilà trois ans. *Un officier devrait pourtant savoir jusqu'où il peut aller*, pensait-il. Lui-même, par exemple, en proie à une malchance tenace trois semaines auparavant, avait quitté la table de jeu, bien que le consul Schnabel, prévenant, eût mis sa bourse à sa disposition. De manière générale, il avait toujours su résister aux tentations, et s'était débrouillé avec sa maigre solde et les aides financières minimes envoyées d'abord par son père puis, lorsque celui-ci avait rendu l'âme à Temesvar avec le grade de lieutenant-colonel, par son oncle Robert. Lorsque cette source de revenus s'était tarie à son tour, il avait su s'organiser encore une fois : il avait fréquenté les cafés avec moins d'assiduité, renoncé à de nouvelles acquisitions, économisé les cigarettes et décrété du jour au lendemain que les femmes ne devaient plus rien lui coûter. Trois mois auparavant, une petite aventure aux débuts prometteurs avait été tuée dans l'œuf, simplement parce que Willi s'était trouvé un certain soir dans l'impossibilité de régler un dîner pour deux personnes.

C'est bien triste, en vérité, pensa-t-il. Jamais il n'avait pris conscience de la médiocrité de ses ressources aussi crûment qu'aujourd'hui, en cette magnifique journée printanière où il marchait, au milieu des jardins odoriférants, jusqu'à la superbe villa qu'habitait la famille Kessner (peut-être même leur appartenait-elle), vêtu d'une tunique qui n'était plus très reluisante, hélas, d'un pantalon qui commençait à briller au niveau des genoux, et coiffé d'un képi considérablement moins haut que l'imposait la dernière mode parmi les officiers. Pour la première fois également, il se sentit honteux à l'idée qu'une invitation à déjeuner, ou plutôt l'espoir d'être invité, prît une telle importance.

Quoiqu'il en soit, il ne regretta en aucune manière de voir son souhait réalisé : le repas fut savoureux, les vins somptueux, et mademoiselle Emilie, assise à sa droite, par ses regards aimables et sa façon de l'effleurer, trop affectueuse pour n'être qu'accidentelle, s'avéra une fort agréable voisine de table. Il n'était pas le seul invité. Il y avait également un jeune avocat, arrivé de Vienne avec le maître de maison, qui savait mener la conversation avec bonne humeur, légèreté et parfois un rien d'ironie. Monsieur Kessner était tout à fait poli mais se montrait distant avec Willi. Il n'était en général pas particulièrement ravi des visites dominicales du lieutenant qui, depuis qu'il avait été présenté à ces dames lors d'un bal au dernier carnaval, prenait un peu trop à la lettre l'invitation qui lui avait été faite de venir prendre le thé à l'occasion. La maîtresse de maison, encore très belle, ne se souvenait visiblement plus du tout que, quinze jours auparavant, sur un banc, dans un coin retiré du parc, elle ne s'était dégagée de l'étreinte audacieuse et inattendue du lieutenant qu'après avoir perçu un bruit de pas sur les graviers. Le premier sujet de conversation abordé à table, et pour lequel on usait de toutes sortes d'expressions qui restaient obscures pour le lieutenant, était un procès concernant l'usine de M. Kessner, qui avait chargé l'avocat de l'affaire ; puis il fut question de séjours à la campagne et de voyages estivaux, ce qui donna à Willi la possibilité de se mêler à la discussion. Deux ans auparavant, il avait participé aux manœuvres impériales dans les Dolomites ; il raconta les campements à la belle étoile, les deux filles aux boucles noires d'un aubergiste de Kastelruth, surnommées les Méduses tant elles se montraient farouches, et l'histoire de ce feld-maréchal disgracié sous les yeux de Willi en raison de l'échec d'une charge de cavalerie. Comme cela lui arrivait souvent au bout de trois ou quatre verres de vin, il avait plus d'aisance, se montrait plus spontané, presque spirituel. Il sentait qu'il gagnait petit à petit l'estime du maître de maison, que le ton de l'avocat se faisait moins ironique, que la mémoire commençait à revenir à Mme Kessner et qu'une vive pression du genou d'Emilie contre le sien ne se donnait même plus la peine de paraître involontaire.

Au moment du café, une femme corpulente, d'un certain âge, fit son apparition, accompagnée de ses deux filles, à qui Willi fut présenté comme « notre danseur du Bal des Industriels ». Il s'avéra bientôt que les trois femmes avaient également séjourné dans le Tyrol du Sud deux ans auparavant ; n'était-ce pas le jeune lieutenant qu'elles avaient aperçu, passant au galop sur son cheval noir, devant leur hôtel, à Seis, par une belle journée d'été ? Willi ne voulut pas les contredire, bien qu'il fût parfaitement conscient que lui, petit lieutenant du 98e d'infanterie, ne pouvait en aucun cas avoir cavalé sur une fière monture, à travers quelque bourgade que ce soit, dans le Tyrol ou ailleurs.

Les deux jeunes femmes portaient de charmantes robes blanches ; mademoiselle Kessner, vêtue de rose clair, se tenait entre elles, et toutes trois arpentaient le gazon d'un pas joyeux.

« Ne dirait-on pas les trois Grâces ? » s'exclama l'avocat avec, une fois de plus, un soupçon d'ironie dans la voix, et le lieutenant brûla d'envie de lui demander : « Qu'entendez-vous par là, Maître ? » Mais il lui fut d'autant plus facile de garder pour lui sa remarque qu'au même instant mademoiselle Emilie se retourna, au milieu de la pelouse, et d'un air enjoué lui adressa un signe de la main. Elle était blonde, un peu plus grande que lui, et on pouvait légitimement penser que sa dot était loin d'être insignifiante. Mais avant d'en arriver là, si du moins on osait rêver d'une telle éventualité, il passerait du temps, beaucoup de temps, et il devait récupérer les mille florins dont avait besoin son malheureux ami avant le lendemain matin au plus tard.

Ainsi, alors que la conversation prenait un tour si agréable, il lui fallait prendre congé, par amitié envers l'ex-lieutenant Bogner. On fit mine de vouloir le retenir. Il regrettait amèrement son départ, mais il avait malheureusement des obligations, et avant tout il devait rendre visite à un camarade à l'hôpital de la garnison, où il se faisait soigner un vieux rhumatisme. Là encore, l'avocat eut une moue ironique. Madame Kessner lui lança un sourire plein de promesses et lui demanda si cette visite lui prendrait tout l'après-midi. Willi haussa les épaules, l'air incertain. Quoi qu'il arrive, on l'accueillerait à bras ouverts si jamais il réussissait à se libérer dans le courant de la soirée.

Lorsqu'il quitta la villa, deux jeunes gens élégants descendaient d'un fiacre qui venait de s'arrêter, ce qui éveilla un sentiment désagréable chez Willi. Que ne pouvait-il se passer dans cette maison, tandis qu'il était contraint d'aller dans un café gagner mille florins pour un ex-camarade empêtré dans une fâcheuse situation ? Ne serait-il pas de loin plus intelligent de ne pas s'embarquer dans cette affaire et de revenir dans ce charmant jardin au bout d'une demi-heure, le temps nécessaire pour laisser croire à sa prétendue visite à l'hôpital, pour y retrouver les trois Grâces ? Cette décision aurait été d'autant plus sage, pensait-il encore avec un peu de fatuité, que ses chances de gagner au jeu venaient vraisemblablement de se réduire comme peau de chagrin.

Chapitre III

Son regard fut attiré par une grande réclame jaune qui annonçait des courses hippiques sur une colonne d'affichage, et il lui vint tout à coup à l'esprit qu'à cette heure Bogner jouait sur les champs de la Freudenau. Peut-être même était-il en train de remporter la somme salvatrice par ses propres moyens ? Et si Bogner passait sous silence un tel coup de chance, afin d'empocher en plus de son gain les mille florins que Willi pourrait gagner aux cartes contre le consul Schnabel ou le docteur Tugut ? Après tout, quand on est tombé assez bas pour prendre dans la caisse... Dans quelques mois, voire quelques semaines, Bogner en serait probablement au même point qu'aujourd'hui. Et après ?

Il perçut un air de musique sur son chemin. Il s'agissait d'une ouverture italienne quelconque, d'un genre quasiment tombé dans l'oubli, de celles qui n'étaient plus jouées que par les orchestres des stations balnéaires. Cependant Willi la connaissait bien. Bien des années plus tôt, il l'avait entendue à Temesan, interprétée à quatre mains par sa mère et un parent éloigné. Lui-même n'avait pas poussé assez loin ses leçons pour pouvoir jouer à quatre mains avec sa mère, et lorsqu'elle était morte, huit ans auparavant, il avait cessé de suivre des cours de piano, comme autrefois, lorsqu'il quittait l'École des Cadets pour revenir à la maison les jours où il était de permission. Les accords résonnaient, doux et émouvants, dans l'air frémissant du printemps.

Il traversa un petit pont qui surplombait les eaux troubles du ruisseau de Schwechat, et après quelques pas, il atteignit la spacieuse terrasse du café *Schopf*, bondée, comme tous les dimanches. Le lieutenant Greising était assis à une petite table, presque sur la rue. Son teint blafard de malade s'éclairait d'un sourire sardonique ; à ses côtés se tenait Weiss, le secrétaire de théâtre, corpulent, vêtu d'un costume de flanelle jaune canari quelque peu froissé, portant comme toujours une fleur à la boutonnière. Willi se fraya non sans difficulté un chemin jusqu'à eux, au milieu des innombrables tables et chaises. « Je nous trouve bien peu nombreux, aujourd'hui », dit-il en leur tendant la main. Il se sentait soulagé à l'idée que la partie de cartes puisse ne pas avoir lieu. Mais Greising lui expliqua que tous deux, lui et le secrétaire de théâtre, restaient dehors pour prendre des forces avant d'aller « se mettre au travail ». Les autres étaient déjà à l'intérieur, à la table de jeu, avec le consul Schnabel, qui était venu de Vienne en fiacre, comme à son habitude.

Willi commanda une limonade glacée. Greising lui demanda où il avait bien pu s'assécher la gorge au point d'avoir déjà envie d'une boisson rafraîchissante, puis il remarqua sans transition que les jeunes filles de Baden étaient fort jolies et ne manquaient pas de tempérament. Il se mit à faire le récit, en termes énergiques, d'une petite aventure qu'il avait entreprise la veille au soir dans le parc de la station thermale et achevée la nuit même, de la façon qu'il avait souhaitée. Willi buvait lentement sa limonade et Greising, qui se doutait bien de ce qui pouvait lui traverser l'esprit, conclut en disant, comme pour répondre à ses pensées : « Ainsi va le monde ! À chacun son tour. »

Le lieutenant Wimmer, affecté au train, que les personnes peu renseignées prenaient souvent pour un cavalier, surgit d'un seul coup derrière eux : « Que croyez-vous donc, messieurs ? Que nous devons continuer à nous échiner, seuls, contre le consul ? » Et il tendit la main à Willi. Bien qu'il ne fût pas en service, ce dernier avait pour sa part adressé un salut militaire à son camarade, plus haut gradé.

– Comment vont les choses, à l'intérieur ? demanda sèchement Greising, d'un air méfiant.

– Doucement, très doucement, répondit Wimmer. Le consul est un véritable dragon : il reste assis sur son argent, comme d'ailleurs sur le mien, hélas ! Allons, toréadors, jetez-vous dans l'arène !

Les autres se levèrent.

– On m'attend quelque part, fit remarquer Willi tandis qu'il allumait une cigarette en affectant un air détaché. Je ne ferai galerie qu'un quart d'heure.

– Ha, ha, rit Wimmer, l'enfer est pavé de bonnes intentions !

– Et le ciel, de mauvaises, ajouta le secrétaire Weiss.

– Bien répondu, conclut Wimmer en lui tapotant l'épaule.

Ils entrèrent dans le café. Willi lança un dernier regard derrière lui, au-delà des toits des villas, vers les collines. Il se fit intérieurement la promesse de revenir s'asseoir dans le jardin des Kessner une demi-heure plus tard.

Il atteignit avec les autres un recoin de la salle plongé dans les ténèbres, où l'on ne devinait rien de l'atmosphère et de la lumière du printemps. Il repoussa sa chaise loin de la table, afin de signifier clairement à tout le monde qu'il n'entendait aucunement prendre part au jeu. Le consul était un homme à l'âge indéterminé, maigre, la moustache taillée l'anglaise, les cheveux clairsemés d'un roux tirant déjà vers le gris. Il portait un costume gris clair élégant ; il était en train d'observer avec cette minutie qui n'appartenait qu'à lui une carte que Maître Flegmann, le banquier, lui avait attribuée. Il gagna et Maître Flegmann tira de nouveaux billets de son portefeuille.

– Il fait ça sans sourciller, remarqua Wimmer sur un ton respectueux, quelque peu teinté d'ironie.

– Que je sourcille ou non, cela ne change rien à l'affaire, rétorqua Flegmann, froid, les yeux mi-clos.

Le docteur Tugut, chef de service dans l'hôpital de garnison de Baden, prit la main à deux cents florins.

Vraiment, ce n'est pas une partie pour moi, aujourd'hui, pensa Willi, qui éloigna un peu plus encore sa chaise de la table.

Le comédien Elrief, jeune homme de bonne famille, plus connu pour son esprit étroit que pour son talent, laissa Willi regarder ses cartes. Il misait de petites sommes et hochait la tête d'un air désemparé chaque fois qu'il perdait. Tugut ne tarda pas à doubler sa mise. Le secrétaire Weiss emprunta de l'argent à Elrief, et Maître Flegmann sortit à nouveau plusieurs billets de son portefeuille. Tugut voulut se retirer, mais le consul s'écria : « Banco ! » sans même se donner la peine de recompter. Il perdit et porta la main à la poche de son gilet pour s'acquitter de sa dette, qui s'élevait à trois cents florins. « Je suis », dit-il. Le médecin du régiment passa la main, Maître Flegmann récupéra la banque et distribua les cartes. Willi n'accepta pas la sienne mais, pour s'amuser et faire plaisir à Elrief qui le priait instamment de « lui porter chance », il ajouta un florin à la mise du comédien, et gagna. Au tour suivant, Maître Flegmann lui jeta également une carte, qu'il ne refusa pas, cette fois. Il gagna à nouveau, perdit, gagna, avança sa chaise près de la table entre les autres pontes, qui lui firent une place de bon cœur, puis il gagna, perdit, gagna, perdit, comme si le destin ne parvenait pas à prendre une décision définitive. Le secrétaire dut retourner à son théâtre et oublia de rendre à Elrief ce qu'il lui avait emprunté, bien qu'il eût gagné depuis longtemps de quoi rembourser cette somme au centuple. Willi avait la main à peu près heureuse, mais il lui manquait encore environ neuf cent cinquante florins pour atteindre les mille de Bogner...

« Rien n'y fait », constata Greising, mécontent. Puis ce fut au tour du consul de prendre le rôle du banquier, et tout le monde sentit que la partie commençait réellement à cet instant.

On ne savait pas grand chose du consul Schnabel, si ce n'est bien sûr qu'il était consul, consul d'un petit État libre d'Amérique du Sud, et « négociant en gros ». C'était le secrétaire Weiss qui l'avait introduit dans le cercle des officiers. Ils se connaissaient depuis que Schnabel était parvenu à éveiller son intérêt pour une petite actrice qui, dès qu'on lui avait confié quelques rôles sans prétention, s'était mise à entretenir des relations plus intimes avec monsieur Elrief. L'usage aurait voulu que l'amant cocu fût volontiers tourné en ridicule, mais lorsque celui-ci, le cigare serré entre les dents, avait récemment demandé à Elrief, à qui il passait la main, tout en distribuant les cartes et sans daigner lever les yeux vers lui : « Eh bien, comment se porte notre petite amie commune ? », il avait clairement fait comprendre qu'il était préférable d'abandonner l'idée de se moquer de lui, de quelque façon que ce fût. Cette impression se vérifia une autre fois, un jour où le lieutenant Greising, entre deux verres de cognac, avait jeté dans la discussion, à une heure très avancée, quelques remarques grivoises sur les mystérieuses aventures du consul. Il lui avait rétorqué, en le foudroyant du regard : « Pourquoi tenez-vous des propos offensants, lieutenant ? Vous êtes vous déjà inquiété de savoir si je pouvais vous demander satisfaction par les armes ? » Un silence inquiétant s'était installé après cette réponse mais, comme par un accord tacite, l'événement n'avait eu aucune conséquence. Il fut convenu, sans concertation mais de façon unanime, d'adopter avec lui une attitude des plus prudentes.

Le consul perdit. On ne s'opposa absolument pas à ce qu'il gardât la main une nouvelle fois, puis une troisième après avoir encore perdu. Les pontes restants gagnaient, Willi en particulier. Il mit de côté sa somme de départ, cent vingt florins, qu'il ne voulait risquer en aucun cas. Puis il prit la place du banquier, doubla sa mise, passa la main et, malgré quelques intermittences, la chance lui resta fidèle, face aux autres joueurs qui se succédaient rapidement à la banque. La somme de mille florins qu'il avait entrepris de gagner pour quelqu'un d'autre était maintenant dépassée de plusieurs centaines de florins. Comme Elrief se levait pour aller au théâtre jouer un rôle dont il ne voulait rien dire, malgré les questions que posait Greising d'un ton railleur, Willi s'empressa de prendre congé. Les autres joueurs ne tardèrent pas à revenir à leurs cartes, et lorsque Willi se retourna une dernière fois à la porte du café, il aperçut l'œil du consul, glacial, fixé sur lui.

Chapitre IV

Ce ne fut qu'une fois à l'air libre, le front caressé par la douce brise du soir, qu'il prit conscience de sa chance – *ou plutôt de la chance de Bogner*, rectifia-t-il immédiatement. Cependant, il lui restait encore suffisamment pour s'offrir, comme il en rêvait, une nouvelle tunique, un nouveau képi et une dragonne. Il aurait même encore les fonds nécessaires pour quelques soupers en galante compagnie, qu'il pourrait désormais offrir sans difficulté. Tout cela mis à part, quelle satisfaction de pouvoir remettre à son ancien camarade, le lendemain matin, à sept heures et demie devant l'église de l'Als, la somme providentielle : mille florins, le fameux billet de mille, flambant neuf, dont il n'avait jusqu'ici entendu parler que dans les livres et qu'il gardait précieusement dans son portefeuille, avec quelques autres billets de cent. *Eh bien, mon cher Bogner, tu les as. J'ai gagné exactement les mille florins. Pour être tout à fait précis, mille cent cinquante-cinq. Puis j'ai arrêté. C'est ce qu'on appelle la maîtrise de soi, n'est-ce pas ? Et j'espère, mon cher Bogner, qu'à partir de maintenant tu...* Non,

non, il ne pouvait tout de même pas infliger un sermon à son vieux camarade. Il tirerait certainement lui-même une leçon de tout cela, et on pouvait penser qu'il ferait preuve d'assez de délicatesse pour ne pas voir dans l'issue heureuse que connaissait son problème une invitation à renouer avec lui des relations amicales. D'ailleurs peut-être serait-il plus prudent, et même plus juste, d'envoyer son ordonnance porter l'argent à l'église de l'Als.

Sur le chemin de la villa des Kessner, Willi se demanda s'il serait également invité pour le souper. Ah, il n'avait heureusement plus à se soucier de son souper à présent ! Il était suffisamment riche pour inviter toute la famille et leurs convives. Quel dommage qu'on ne pût acheter de fleurs nulle part ! Il passa devant une confiserie ouverte et décida d'y acheter une boîte de bonbons. Faisant demi-tour sur le pas de la porte, il en acheta une autre, encore plus grosse, et il s'efforça de trouver la meilleure façon de les répartir entre la mère et la fille.

Lorsqu'il entra dans le jardin des Kessner, la femme de chambre lui apprit que les maîtres de maison et tous leurs invités étaient partis pour l'Helenental, probablement à la *Krainerhütte*, et qu'ils souperaient sans doute dehors, comme ils en avaient l'habitude le dimanche soir.

Une légère déception se peignit sur les traits de Willi ; la femme de chambre eut un sourire en apercevant les deux paquets que le lieutenant tenait encore sous le bras. Qu'allait-il en faire à présent ?

– Veuillez présenter mes hommages sincères à ces dames et, tenez, je vous en prie, dit-il en tendant les deux boîtes à la femme de chambre, la plus grosse est pour madame, l'autre pour mademoiselle, et je regrette beaucoup...

– Peut-être, si monsieur le lieutenant trouve un véhicule... ces messieurs-dames doivent certainement être encore à la *Krainerhütte*.

Willi jeta un coup d'œil sur sa montre et réfléchit en prenant un air important. « J'aviserai », déclara-t-il avec nonchalance, puis, par manière de plaisanterie, il adressa à la soubrette un salut militaire particulièrement solennel et s'en alla.

Il se retrouvait seul, dans la ruelle qu'éclairaient les lueurs du couchant. Un petit groupe de touristes, joyeux, les souliers couverts de poussière, le croisa. Un vieil homme sur une chaise de rotin lisait un journal devant sa villa. Un peu plus loin, une vieille dame était assise au balcon d'un premier étage. Tout en poursuivant son crochet, elle discutait avec sa voisine, qui s'appuyait à la fenêtre ouverte de la maison d'en face, les bras croisés sur sa poitrine. Il sembla à Willi que ces deux-là étaient à ce moment les seules personnes à ne pas être sorties dans les rues de la petite ville. Les Kessner auraient pu laisser à la femme de chambre un message à son attention. Après tout, il ne souhaitait pas s'imposer. Il n'en avait d'ailleurs nul besoin. Mais que faire ? Retourner tout de suite à Vienne ? Ce serait peut-être le plus sage ! Et s'il laissait au destin le soin de décider à sa place ?

Deux voitures stationnaient devant la salle de jeux de la ville d'eau. « Combien demandez-vous pour une course jusqu'à Helenental ? » Un des cochers était déjà pris, l'autre exigeait un prix si exorbitant que Willi opta finalement pour une promenade vespérale à travers le parc.

Celui-ci était encore très fréquenté malgré l'heure avancée. De jeunes mariés, des amants, que Willi savait distinguer avec certitude. Il y avait là aussi des jeunes filles et des femmes qui se promenaient langoureusement. Il rencontra sur son chemin de charmants sourires et nombre d'œillades encourageantes. Mais on n'était jamais à l'abri de l'arrivée impromptue d'un père, d'un frère ou d'un fiancé, et un officier se devait d'être deux fois, trois fois plus prudent. Il suivit un moment une dame svelte aux yeux sombres qui tenait un petit garçon par la main. Elle monta l'escalier de la salle de jeux jusqu'à la terrasse, parut chercher quelqu'un, en vain d'abord, puis on lui adressa de vifs signes de la main à une table éloignée, et elle lança un regard moqueur à Willi tandis qu'elle prenait place au milieu du groupe qui l'attendait. Le lieutenant fit alors mine, lui aussi, de chercher une connaissance, quitta la terrasse pour entrer dans le restaurant qui était presque vide, et de là se rendit dans le hall d'entrée. Il passa dans la salle de lecture, déjà éclairée, où un général à la retraite mais toujours en uniforme trônait, seul, à une grande table verte. Willi le salua respectueusement en claquant des talons, le général lui répondit d'un signe de tête morose, et Willi se hâta de rebrousser chemin. Dehors, aux portes de la salle de jeux, il restait encore un des deux fiacres, et le cocher se déclara prêt, sans avoir été sollicité, à conduire le lieutenant à l'Helenental pour une somme dérisoire. « Eh bien, ça ne m'intéresse plus, maintenant », répondit Willi, et d'un pas décidé il se mit en route pour le café *Schopf*.

CHAPITRE V

Les joueurs étaient assis au même endroit, groupés de la même manière qu'auparavant, comme s'il s'était à peine écoulé une minute depuis le départ de Willi. L'abat-jour vert donnait une teinte blafarde à la lumière électrique. Willi crut déceler un sourire narquois sur la bouche du consul, qui fut le premier à remarquer son entrée. Personne ne manifesta le moindre étonnement lorsque Willi tira vers lui sa chaise restée inoccupée. Maître Flegmann, qui à ce moment-là tenait la banque, lui donna une carte comme si cela allait de soi. Dans sa hâte, il misa un billet de banque plus gros que prévu, gagna, puis revint à la prudence, avec des mises plus modestes. Mais la chance tournait et bientôt arriva le moment où son billet de mille se vit sérieusement menacé. *Qu'est-ce que ça peut me faire ?* se dit Willi. *Je n'en aurais de toute façon pas profité.* Cependant il recommença à gagner, sans avoir eu besoin de casser son billet. Cette fois la chance lui resta fidèle et, lorsqu'on arrêta le jeu à neuf heures, Willi se trouva en possession de plus de deux mille florins. *Mille pour Bogner, mille pour moi,* pensa-t-il. *Je m'en réserve la moitié comme fonds pour le jeu de dimanche prochain.* Mais il ne se sentait pas aussi heureux qu'il aurait dû l'être.

On alla dîner à *La Ville de Vienne*, assis dans le jardin, sous un chêne au feuillage dense. On y discuta de jeux de hasard en général et aussi de certaines parties de cartes du Jockey club devenues célèbres, où les écarts de gains avaient été considérables.

« Le jeu de hasard est et restera toujours un vice », soutint Maître Flegmann d'un air grave.

Tout le monde rit de bon cœur, mais le lieutenant Wimmer eut envie de prendre cette remarque de travers : « Ce qui peut être un vice chez les avocats, rétorqua-t-il, ne l'est pas chez les officiers, loin de là. » Maître Flegmann expliqua poliment qu'on pouvait être dans le même temps homme d'honneur et dépravé, de nombreux exemples prouvant ses dires : Don Juan, par exemple, ou encore le Cardinal de Richelieu. Le consul affirma pour sa part que le jeu n'était un vice que si on se trouvait dans l'incapacité de régler ses dettes. Et dans ce cas il n'était plus question de vice mais de vol, sous son apparence la plus lâche. À ces mots, le silence se fit au sein du groupe. Par chance, ce fut précisément à cet instant qu'apparut Elrief, une fleur à la boutonnière et le regard victorieux.

– Vous avez déjà pu échapper aux ovations ? demanda Greising.

– Je n'apparais pas dans le quatrième acte, répondit le comédien en retirant ses gants d'un air dégagé, comme il prévoyait de le faire le jour où il aurait à interpréter un vicomte ou un marquis. Greising alluma un cigare.

– Tu ferais mieux de moins fumer, lui dit Tugut.

– Enfin, monsieur le médecin-major, je n'ai plus rien dans le gosier ! répliqua Greising.

Le consul avait commandé quelques bouteilles de vin hongrois. On trinqua. Willi regarda l'heure :

– Oh ! J'ai bien peur de devoir vous quitter. Le dernier train part à dix heures quarante.

– Finissez donc votre verre, dit le consul. Ma voiture vous conduira à la gare.

– Monsieur le consul, je ne peux en aucun cas...

– Mais si, tu peux, l'interrompit le lieutenant Wimmer.

– Bien. Que fait-on maintenant ? demanda le médecin-major Tugut. Va-t-on s'y remettre, ou pas ?

Personne n'avait douté que la partie reprendrait son cours après dîner. C'était la même chose tous les dimanches. « Mais alors pas trop longtemps », dit le consul. *La belle vie !* pensa Willi qui les enviait de pouvoir s'asseoir à nouveau à la table de jeu, pour retenter leur chance et peut-être gagner des milliers de florins. Le vin était monté à la tête de l'acteur Elrief, qui prit son air bête et impertinent pour transmettre au consul le bonjour de mademoiselle Rihoschek, leur amie commune.

– Pourquoi ne pas l'avoir amenée, Monsieur le Mime ? demanda Greising.

– Elle nous rejoindra plus tard au café pour nous regarder jouer, si le consul le permet, dit Elrief.

Le consul n'eut aucune réaction.

Willi finit son verre et se leva. « À dimanche prochain, s'écria Wimmer, tu repartiras plus léger qu'aujourd'hui. » *C'est là que vous vous trompez,* pensa Willi. *On ne peut pas perdre quand on joue prudemment.*

– Une fois arrivé à la gare, ayez l'obligeance, cher lieutenant, intervint le consul, de renvoyer directement le cocher au café *Schopf*.

Puis, s'adressant aux autres :

– Mais soyons clairs, messieurs, il n'est pas question de finir aussi tard, ou plutôt aussi tôt que la dernière fois.

Willi lança un dernier salut à la ronde et se retourna pour partir. C'est alors qu'il fut agréablement surpris de reconnaître à une table voisine la famille Kessner et la vieille dame rencontrée l'après-midi même, toujours accompagnée de ses deux filles. L'avocat sarcastique et les deux jeunes gens élégants arrivés en fiacre aux portes de la villa n'étaient plus là. On l'accueillit à bras ouverts, et il resta un moment debout à leur table. Il était enjoué, détendu – un officier jeune et pimpant à la situation confortable, agréablement revigoré par trois verres d'un puissant vin hongrois et par le fait de n'avoir pour le moment aucun rival. On le pria de prendre place parmi eux, mais il déclina l'invitation poliment, d'un geste nonchalant qui désignait la sortie où la voiture l'attendait. Il dut toutefois encore répondre à quelques questions avant de partir : qui était donc ce charmant jeune homme en civil ? Ah, un comédien ? Elrief ? Personne n'avait jamais entendu ce nom auparavant.

– Il faut dire que le théâtre ici n'a rien de brillant, jugea madame Kessner. Il n'y a guère que les opérettes qu'on peut encore aller voir.

Et elle suggéra, le regard plein de promesses :

– Si le lieutenant vient nous voir prochainement, peut-être pourrons-nous aller au spectacle ?

– Le plus agréable serait de louer deux loges voisines, précisa mademoiselle Kessner en adressant un sourire à Elrief, qui lui sourit en retour, rayonnant.

Willi baisa la main des dames, lança un dernier salut à la table des officiers et, une minute plus tard, il était assis dans le fiacre du consul. « Faites vite, dit-il au cocher, vous aurez un bon pourboire. » Willi crut deviner derrière l'indifférence que suscitait cette promesse un manque de respect exaspérant. Les chevaux allaient malgré tout à très bonne allure et il arriva à la gare en cinq minutes. Au même instant cependant, là-haut, sur le quai, le train, entré en gare avec une minute d'avance, se mit en marche. Willi avait sauté de la voiture, il suivit du regard les wagons éclairés qui roulaient lourdement sur le viaduc, s'éloignant peu à peu. Il écouta le sifflement de la locomotive s'évanouir dans la nuit, hocha la tête et ne sut pas lui-même s'il devait se sentir contrarié ou heureux. Le cocher restait assis sur son banc, impassible, et caressait un des chevaux avec le manche de son fouet. « Je ne peux rien y faire », marmonna enfin Willi. Puis, s'adressant au cocher : « Bien. Retournons au café *Schopf.* »

CHAPITRE VI

Il était fort agréable de filer en fiacre à travers la petite ville, mais il aurait été plus agréable encore de se trouver bientôt en compagnie d'une jeune femme gracieuse, et de l'emmener faire une promenade à la campagne, à Rodaun ou Roten Stadl, pour souper en plein air. Quel délice de ne plus être obligé de tourner et retourner chaque florin avant de le dépenser ! *Prudence, Willi, prudence*, se dit-il, et il se promit de ne risquer en aucun cas l'intégralité des gains de cet après-midi, tout au plus la moitié. Il décida d'adopter le système Flegmann : commencer par une petite mise, ne pas surenchérir avant d'avoir gagné une fois, ne jamais engager la totalité de ses fonds, mais seulement les trois quarts, et ainsi de suite. Flegmann débutait toujours ses parties avec ce système, mais il était malheureusement incapable de s'y tenir, ce qui l'empêchait d'aller bien loin.

Willi sauta de la voiture devant le café avant même que celle-ci se fut arrêtée. Il laissa au cocher un pourboire somptueux, si somptueux qu'une voiture de location ne lui eût guère coûté davantage. Le cocher laissa échapper un merci, certes très timide, mais aimable tout de même.

Pas un joueur ne manquait ; même l'amie du consul, mademoiselle Mizi Rihoschek, était présente. Cette personne de belle stature, aux sourcils trop noirs mais au maquillage plutôt discret, portait une robe d'été claire, un chapeau de paille à bord plat orné d'un ruban rouge posé sur sa volumineuse chevelure brune et bouclée, et se tenait assise auprès du consul, le bras autour du dossier de sa chaise, regardant ses cartes. Il ne leva pas les yeux lorsque Willi approcha de la table, et pourtant le lieutenant eut la sensation que le consul avait immédiatement remarqué son arrivée.

– Ah, tu as manqué ton train, constata Greising.

– À trente secondes près, répondit Willi.

– Oui, il suffit d'un rien, dit Wimmer, et il distribua les cartes. Flegmann tira sa révérence parce qu'il venait de perdre trois fois de suite avec une bonne main contre une autre meilleure encore. Elrief persévérait, bien qu'il n'eût plus un sou en poche. Des billets de banque s'amoncelaient en tas en face du consul. « On joue gros, ici », dit Willi, et il misa immédiatement dix florins au lieu de cinq, comme il l'avait prévu au départ. Son audace se vit récompensée car il gagna, encore et encore. Sur un guéridon voisin trônait une bouteille de cognac. Mademoiselle Rihoschek en servit un petit verre au lieutenant et le lui tendit, le regard vague. Elrief le pria de bien vouloir lui prêter cinquante florins, qu'il lui rendrait le lendemain à midi. Willi glissa le billet vers lui. Une seconde plus tard il était entre les mains du consul. Elrief se leva, des gouttes de sueur perlant à son front. Le secrétaire de direction Weiss réapparut à cet instant dans son costume de flanelle jaune ; à la suite d'une conversation menée à voix basse, le secrétaire décida de remettre à Elrief le lendemain après-midi la somme qu'il lui avait empruntée le jour même. Le comédien perdit cet argent de la même manière et, contrairement à ce qu'aurait fait le vicomte qu'il espérait un jour pouvoir jouer, il repoussa sa chaise, rageur, se dressa, fulmina dans sa barbe et quitta la pièce. Comme il ne revenait pas, au bout d'un certain temps, mademoiselle Rihoschek se leva, caressa les cheveux du consul d'un air distrait, et disparut à son tour.

Wimmer, Greising, et Tugut lui-même jouaient maintenant avec prudence, car la partie touchait bientôt à sa fin ; seul le secrétaire de théâtre faisait toujours preuve de témérité. La partie avait cependant petit à petit pris la forme d'un duel entre le lieutenant Kasda et le consul Schnabel. La bonne étoile de Willi l'avait quitté et, en dehors des mille florins réservés à son ancien camarade Bogner, il lui en restait à peine une centaine. *Si je perds aussi les cent florins, je m'arrête là, il le faut.* Mais il ne parvenait pas à croire à ce qu'il pensait. *Que représente Bogner pour moi, finalement ?* se dit-il. *Je ne lui dois absolument rien.*

Mademoiselle Rihoschek reparut en fredonnant une chanson, réajusta sa coiffure devant le grand miroir, alluma une cigarette, se saisit d'une queue de billard, tenta un ou deux coups, remit la queue à sa place dans le coin et pour finir se mit à faire rouler sur le tapis vert tantôt une boule blanche, tantôt une boule rouge, du bout des doigts. Un regard glacial du consul la rappela auprès de lui. Elle reprit sa place à son côté, fredonnant toujours, et appuya son bras sur le dossier de la chaise. On entendit plusieurs étudiants chanter dans la rue, depuis longtemps redevenue silencieuse. *Comment vont-ils pouvoir encore revenir à Vienne à cette heure ?* se demanda Willi. Puis il lui vint à l'esprit que c'était peut-être des lycéens de Baden qui chantaient ainsi. Depuis que mademoiselle Rihoschek était assise en face de lui, la chance semblait revenir, timidement. Le chant s'éloigna, s'estompa, la cloche d'une église résonna.

– Une heure moins le quart, remarqua Greising.

– Dernière main, déclara le médecin-major.

– Une dernière main pour chacun, proposa le lieutenant Wimmer.

Le consul donna son accord d'un signe de tête.

Willi ne dit pas un mot. Il gagna, perdit, but un verre de cognac, gagna, perdit, alluma une nouvelle cigarette, gagna, perdit. Tugut garda la banque un long moment, mais le consul finit par la reprendre en mettant en jeu une somme élevée. Elrief créa la surprise en réapparaissant après une heure d'absence environ, mais on fut plus étonné encore de le voir revenir avec de l'argent. Il reprit sa place comme si rien ne s'était passé, affectant l'attitude distinguée et nonchalante du vicomte dont il ne jouerait jamais le rôle, y apportant une nouvelle nuance, acquise en réalité à force d'observer Maître Flegmann : il fermait à moitié les yeux, l'air fatigué. Il déposa une mise de trois cents florins, comme si cela allait de soi, et gagna. Le consul perdit contre lui, contre le médecin-major, et tout particulièrement contre Willi qui se trouva bientôt en possession de rien moins que trois mille florins. Ce qui signifiait : une nouvelle tunique, une nouvelle dragonne, du linge, des chaussures vernies, des cigarettes, des dîners à deux, à trois, des promenades en fiacre dans la forêt viennoise, deux mois de congé sans solde... À deux heures, il avait gagné quatre mille deux cents florins. Ils étaient là, devant lui, impossible de le nier : quatre mille deux cents florins et quelque menue monnaie. Les autres restaient en retrait, ne jouant guère.

« Suffit », déclara soudain le consul Schnabel. Willi était en proie à un sentiment contradictoire. Si la partie s'arrêtait maintenant, il ne pouvait plus rien lui arriver, et c'était très bien ainsi. Mais il ressentait en même temps un désir incontrôlable, proprement infernal, de continuer à jouer. Il souhaitait faire aller du portefeuille du consul jusqu'au sien, comme par magie, encore quelques-uns de ces beaux billets de mille, ou plutôt leur totalité. Cet argent pourrait lui servir de fonds pour tenter sa chance dans la vie. Il n'était pas obligé de toujours jouer au baccara : il y avait aussi les courses de chevaux sur la Feudenau, les courses de trot, les casinos, Monte-Carlo par exemple, là-bas, en bord de mer, avec ces délicieuses jeunes femmes de Paris... Tandis qu'il laissait libre cours à ses pensées, le médecin-major tentait de persuader le consul de jouer une dernière main. Elrief servait du cognac à la ronde, comme s'il eût été l'hôte. Il en était à son huitième verre. Mademoiselle Mizi Rihoschek se tortillait sur sa chaise et fredonnait toujours. Tugut rassembla les cartes dispersées et les mélangea. Le consul se taisait. Puis il appela subitement le serveur et fit apporter deux jeux de cartes vierges. Tout autour de lui les yeux brillaient. Le consul regarda l'heure et dit : « J'arrête à deux heures et demie précises, je n'y reviendrai pas. » Il était deux heures cinq.

Chapitre VII

Le consul misa une somme que personne de ce groupe n'avait encore jamais vue, un enjeu de trois mille florins. En dehors des joueurs et d'un serveur, il ne restait plus personne dans le café. Les premiers chants d'oiseaux leur parvenaient à travers la porte laissée ouverte. Le consul perdit, mais il garda la banque, et la même mise. Elrief s'était très largement refait et, pressé par un regard impérieux de mademoiselle Rihoschek, il se retira du jeu. Les autres, qui gagnaient tous un peu d'argent, continuaient à jouer, avec prudence, des mises modestes. La moitié de la banque était encore intacte.

« Banco » s'écria soudain Willi, et il fut effrayé par ses propres paroles, par sa propre voix. *Suis-je devenu fou ?* se demanda-t-il. Le consul abattit ses cartes : neuf, et Willi fut en un instant plus pauvre de quinze cents florins. Se souvenant alors du système Flegmann, Willi mit en jeu une somme ridiculement basse, cinquante florins, et gagna. *C'est trop bête,* pensa-t-il. *J'aurais pu tout récupérer d'un coup. Pourquoi ai-je été aussi timide ?*

« Banco suivi. » Il perdit. « Banco. » Le consul parut hésiter.

– Qu'est-ce qui te prend, Kasda ? lui cria le médecin-major.

Willi éclata de rire et sentit comme un vertige lui monter à la tête. Peut-être était-ce le cognac qui lui brouillait l'esprit ? Sans aucun doute. Il s'était trompé, bien entendu, jamais il n'avait pensé ou même rêvé proposer un enjeu de mille ou deux mille florins.

– Veuillez m'excuser, monsieur le consul, ce que je voulais dire en réalité...

Le consul ne le laissa pas achever sa phrase. Il lui dit, bienveillant :

– Si vous ne saviez pas quelle somme il reste dans la banque, je prends naturellement acte de votre retraite.

– Comment cela, de ma retraite, monsieur le consul ? s'exclama Willi. Un banco est un banco.

Était-ce bien lui qui parlait ? Étaient-ce ses mots ? Sa voix ? S'il perdait, alors c'en était fini de la nouvelle tunique, de la nouvelle dragonne, des soupers en galante compagnie. Il ne resterait plus que les mille florins destinés à cet escroc de Bogner, et lui-même redeviendrait le pauvre diable qu'il était deux heures auparavant.

Sans un mot, le consul abattit sa carte : neuf. Personne ne prononça le chiffre, mais il sembla résonner dans la pièce comme s'il avait été soufflé par un fantôme. Willi eut la sensation qu'une moiteur étrange couvrait son front. *Tonnerre, comme c'est arrivé vite !* Quoi qu'il en fût, il avait encore mille florins devant lui, et un peu plus. Il ne voulut pas recompter son argent, peut-être cela lui porterait-il malheur. Après tout, il était plus riche qu'à midi, en descendant du train. À midi... et rien ni personne ne l'obligeait à jouer les mille florins d'un seul coup ! On pouvait tout à fait commencer par cent ou deux cents. Système Flegmann. Il était dommage en revanche qu'il lui restât si peu de temps, à peine vingt minutes. Le silence régnait autour de la table.

– Mon lieutenant ? risqua le consul, attendant une réponse.

– Oui, bien sûr, répondit Willi en riant, et il plia le billet de mille. La moitié, monsieur le consul.

– Cinq cents ?

Willi acquiesça. Les autres aussi misèrent, pour la forme, mais tous étaient sur le départ. Le lieutenant Wimmer se tenait debout, le manteau sur les épaules. Tugut s'appuyait contre le billard. Le consul abattit sa carte : huit. Et la moitié de son billet de mille fut perdu. Willi hocha la tête, comme s'il se passait quelque chose d'anormal.

« Le reste », dit-il, et il pensait : *en fait je suis tout à fait calme.* Il évalua lentement la valeur de sa main : huit. Le consul demanda une autre carte. Neuf. Envolés, les cinq cents florins, volatilisé, le billet de mille. Tout était perdu. Tout ? Non. Il lui restait encore les cent vingt florins qu'il avait en poche en arrivant à Baden à midi, et quelques piécettes. Étrange. Il était effectivement redevenu le pauvre diable qu'il était avant. Et dehors chantaient les oiseaux... comme tout à l'heure... lorsqu'il pouvait encore partir pour Monte Carlo. Hélas, il devait s'arrêter à présent, car il ne pouvait raisonnablement mettre en jeu les quelques florins qui lui restaient... s'arrêter, bien qu'il restât encore une demi-heure. Quelle poisse ! On pouvait très bien gagner cinq mille florins en un quart d'heure. Comme on pouvait les perdre.

– Mon lieutenant ? demanda le consul.

– Je regrette, répondit Willi d'une voix claire et haute en désignant les quelques misérables billets qui s'étalaient devant lui. Ses yeux riaient à ce spectacle et, par pure plaisanterie, il misa dix florins. Il gagna. Puis vingt, et gagna à nouveau. Cinquante, et il gagna. Le sang lui monta à la tête, il aurait pu pleurer de rage. La chance attendait cet instant pour tourner, et il était trop tard. Il prit alors une décision soudaine et hardie, il se tourna vers le comédien assis derrière lui aux côtés de mademoiselle Rihoschek et lui demanda :

– Monsieur von Elrief, auriez-vous la bonté de me prêter deux cents florins ?

– Je suis infiniment navré, lui répondit Elrief avec suffisance, en haussant les épaules. Vous l'avez bien vu, lieutenant, j'ai tout perdu jusqu'au dernier kreutzer.

Il mentait, ce n'était un secret pour personne. Mais on eût dit que tout le monde trouvait parfaitement normal que l'acteur mentît au lieutenant. Le consul glissa alors quelques billets vers lui, d'un air détaché, ne semblant pas même savoir de combien il s'agissait.

– Servez-vous, je vous en prie, dit-il.

Le médecin-major se racla la gorge distinctement. Wimmer l'avertit :

– À ta place, je m'arrêterais là, Kasda.

Willi hésita.

– En aucun cas je ne veux vous forcer la main, lieutenant, précisa Schnabel.

Il avait un peu rapproché sa main des billets, mais Willi s'en saisit en hâte et fit mine de les compter.

– Il y a quinze cents florins, dit le consul, vous pouvez me faire confiance, lieutenant. Souhaitez-vous une carte ?

– Bien entendu. Quoi d'autre sinon ? répondit Willi en riant.

– Votre mise, lieutenant ?

– Oh, pas tout, s'écria gaiement Willi. Les petites gens doivent jouer selon leur rang. Disons mille pour commencer.

Il évalua son jeu, le consul fit de même avec la lenteur exagérée dont il était coutumier. Willi demanda une carte, il reçut un trois de pique à ajouter à son quatre de carreau. Le consul abattit ses cartes. Sept pour lui aussi. « Vraiment, j'arrêterais, à présent », intervint le lieutenant Wimmer, et son conseil sonna presque comme un ordre.

Le médecin-major ajouta : « Tu t'es à peu près refait, maintenant. »

À peu près refait ! pensa Willi. *C'est ce qu'il appelle refait ! Il y a un quart d'heure, j'étais un jeune homme riche. Me voilà maintenant un va-nu-pieds, et pour eux je me suis refait ! Faut-il que je leur parle de Bogner ? Peut-être qu'ils comprendraient alors.*

De nouvelles cartes étaient disposées face à lui. Sept. Non, il n'en demanderait pas d'autre. Mais le consul n'attendit pas. Il abattit une main de huit. *Encore mille florins de perdus*, ces mots bourdonnaient dans sa tête. *Mais je les gagnerai à nouveau. Et sinon, ça ne changera rien de toute façon. Je ne peux pas plus rembourser deux mille florins que mille. C'est du pareil au même à présent. Il reste encore dix minutes. Je peux encore récupérer le tout, les quatre ou cinq mille que j'avais tout à l'heure.*

« Mon lieutenant ? » demanda le consul. Cette question résonna sourdement dans la pièce. Les autres se taisaient, se taisaient avec obstination. Personne ne disait plus : « J'arrêterais, à ta place... » *Non,* pensa Willi, *personne ne s'y risquerait. Ils savent que ce serait stupide de s'arrêter maintenant.* Mais quelle somme miser ? Il ne restait plus que quelques centaines de florins devant lui. Soudain, il y eut plus d'argent. Le consul avait poussé vers lui deux autres billets de mille. « Servez-vous, mon lieutenant. » Il se servit, évidemment. Il misa mille cinq cents florins et gagna. Il pouvait payer sa dette, à présent, et il lui resterait même un peu d'argent. Il sentit une main se poser sur son épaule. « Arrête-toi, Kasda », lui dit le lieutenant Wimmer derrière lui. Son ton était ferme, presque sévère. *Je ne suis pas en service,* pensa Willi, *et en dehors de la caserne, je suis libre de faire ce que bon me semble de mon argent et de ma vie.*

Il misa, misa prudemment, seulement mille florins, et abattit ses cartes. Huit. Schnabel continuait à réfléchir à son jeu, avec une terrible lenteur, comme s'il avait disposé d'un temps infini. Et il leur restait du temps, en effet, personne ne les obligeait à s'arrêter à deux heures et demie. La dernière fois, ils avaient joué jusqu'à cinq heures et demie. La dernière fois... lointaine et heureuse époque. Pourquoi diable se tenaient-ils tous debout autour d'eux ? On eût dit un rêve. Ils étaient plus nerveux que lui, même mademoiselle Rihoschek, qui lui faisait face, le chapeau de paille au ruban rouge posé sur son imposante chevelure, avait des yeux étonnamment brillants. Il lui sourit. Elle avait le visage d'une reine dans une tragédie, et n'était pourtant rien de plus qu'une choriste. Schnabel dévoila enfin son jeu. Une reine ! Ah, la reine Rihoschek, et un neuf de pique. Satané pique, il ne lui causait que du malheur. Les mille florins rejoignirent ceux du consul. Peu importait après tout, il lui en restait encore. Ou bien était-il déjà complètement ruiné ? Aucune idée... Et voilà que s'étalaient à nouveau des billets de mille devant lui. Grand prince, le consul ! À présent, il était certain qu'il les récupérerait. Un officier se devait de régler ses dettes de jeu. Un Elrief resterait un Elrief quoiqu'il arrive, mais un officier, quand il ne s'appelait pas Bogner...

– Deux mille, monsieur le consul.

– Deux mille ?

– Absolument, monsieur le consul.

Il s'en tint à ses cartes, il avait une main de sept. Le consul, en revanche, demanda une carte. Cette fois, il n'hésita pas une seconde tant il était pressé, et un huit, un huit de pique, vint s'ajouter à son as. Cela faisait neuf, aucun doute. Un huit eût été suffisant. Les deux mille florins s'acheminèrent vers le consul, avant de revenir à lui. Ou bien était-ce plus encore ? Trois ou quatre mille ? Mieux valait ne pas vérifier, cela portait malheur. Et puis le consul ne le duperait pas, après tout, les autres étaient là à surveiller le jeu. Comme il ne savait de toute façon plus très bien ce qu'il devait, il misa de nouveau deux mille florins. Quatre de pique. Trop faible, il ne pouvait s'en contenter et demanda une carte. Un six, six de pique ! Cette fois, il avait un point de trop. Le consul n'eut aucun effort à faire, et n'avait pourtant reçu qu'un trois. Et les deux mille florins s'en allèrent à nouveau de l'autre côté. Puis revinrent. Aller, retour, aller, retour : ce va-et-vient prêtait à rire. Le clocher de l'église sonna de nouveau : la demi-heure. Apparemment, personne ne l'avait entendu. Le consul distribua tranquillement les cartes. Tous les autres restaient debout autour de la table, seul le médecin-major s'était éclipsé. Willi l'avait aperçu un peu plus tôt dans la nuit en train de secouer la tête avec colère et de marmonner quelque chose entre ses dents. Il ne supportait tout simplement pas de voir le lieutenant Kasda jouer sa vie. Comment un docteur pouvait-il avoir les nerfs si fragiles ?

De nouvelles cartes étaient posées face à lui. Il misa une poignée de billets, combien, il ne le savait plus très bien. C'était une nouvelle façon de provoquer le destin. Huit. Maintenant la chance allait tourner.

Mais elle ne tourna pas. Le consul abattit une main de neuf, jeta un œil au cercle qui s'était formé autour de lui et repoussa ses cartes. Willi écarquilla les yeux :

– Que se passe-t-il, monsieur le consul ?

Celui-ci pointa le doigt vers la rue :

– La demie vient juste de sonner, mon lieutenant.

– Vraiment ? s'écria Willi qui feignait d'être surpris. Peut-être pourrions-nous encore prolonger la partie d'un petit quart d'heure ?

Il chercha du regard un éventuel soutien. Tous gardaient le silence. Elrief détourna les yeux avec beaucoup de noblesse et alluma une cigarette. Wimmer se mordait les lèvres, Greising sifflotait nerveusement, de façon presque inaudible, le secrétaire en revanche fit crûment cette remarque, comme si tout cela n'avait été que broutille : « Monsieur le lieutenant n'a vraiment pas eu de chance, aujourd'hui. »

Après s'être levé, le consul appela le serveur, comme si cette nuit ressemblait à toutes les autres. Il ne devait que deux bouteilles de cognac, mais il proposa de régler l'ensemble de l'addition pour simplifier les comptes. Greising s'y refusa et tint à payer lui-même son café et ses cigarettes. Les autres acceptèrent l'invitation avec indifférence. Puis le consul se tourna vers Willi, qui n'avait toujours pas quitté son siège, et lui dit, en faisant le même geste que précédemment, lorsqu'il avait constaté après coup que le clocher avait sonné l'heure :

– Si cela vous convient, lieutenant, je peux vous raccompagner à Vienne dans ma voiture.

– Avec plaisir, répondit Willi.

À cet instant précis, il eut l'impression que ce dernier quart d'heure, mieux encore, que la nuit entière et tout ce qui s'était passé avait été effacé. C'est ainsi que le consul devait considérer les choses. Comment aurait-il pu l'inviter à monter dans sa voiture sans cela ? Schnabel ajouta d'un air affable :

– Votre dette, lieutenant, s'élève à onze mille florins nets.

– Très bien, monsieur le consul, répliqua Willi d'un ton martial.

– Je pense qu'il n'est nul besoin de mettre ceci par écrit ?

– Non, fit remarquer le lieutenant Wimmer d'une voix rude. Nous sommes tous témoins.

Le consul ignora aussi bien l'officier que le ton de sa voix. Willi restait assis. Ses jambes lui semblaient lourdes comme du plomb. Onze mille florins, pas mal. L'équivalent de trois ou quatre années de solde, plus les intérêts. Wimmer et Greising discutaient à voix basse, les nerfs à fleur de peau. Elrief raconta au secrétaire de théâtre quelque chose qui devait être très drôle, car ce dernier éclata de rire. Mademoiselle Rihoschek se tenait auprès du consul et lui murmura une question à laquelle il répondit par la négative d'un signe de tête. Le serveur mit sur les épaules du consul son manteau, un manteau noir, ample, sans manche et au col de velours, que Willi avait déjà trouvé élégant, quoiqu'un peu extravagant, la dernière fois qu'il l'avait vu. S'emparant d'une bouteille de cognac presque vide, le comédien Elrief se servit un dernier verre. Willi avait l'impression qu'on évitait délibérément de lui prêter attention, et même de le regarder. Il se leva brusquement, d'un bond. Le médecin-major Tugut, qui contre toute attente était revenu, se dressa soudain à ses côtés. Il sembla chercher ses mots un moment puis finit par dire :

– J'espère que tu pourras réunir la somme d'ici demain.

– Bien entendu, monsieur le médecin-major, répondit Willi avec un large sourire vide d'expression. Après quoi il fit quelques pas vers Wimmer et Greising et leur tendit la main. « Au revoir, à dimanche prochain ! » dit-il d'un ton badin. Ils ne lui répondirent pas, pas même d'un signe de tête.

– Pouvons-nous y aller, lieutenant ? demanda le consul.

– Je suis à votre disposition.

À ces mots, il salua les autres avec le même air enjoué, et baisa par galanterie la main de mademoiselle Rihoschek. Ça ne pouvait pas faire de mal.

Tout le monde s'en allait. Sur la terrasse, les tables et les chaises luisaient, d'une blancheur fantomatique. La nuit régnait encore sur la ville et la campagne, mais aucune étoile n'était plus visible. Aux environs de la gare, la ligne d'horizon commençait à s'éclaircir légèrement. La voiture du consul attendait dehors, le cocher dormait, les pieds sur le marchepied. Schnabel lui toucha l'épaule, il se réveilla, releva son chapeau, examina les chevaux et retira leurs couvertures. Les officiers saluèrent une dernière fois, la main à leur képi, puis s'éloignèrent paisiblement. Le secrétaire, Elrief et mademoiselle Rihoschek attendirent que le cocher fût prêt. Willi pensa : *Pourquoi le consul ne reste-t-il pas à Baden, avec mademoiselle Rihoschek ? Pourquoi la garde-t-il, s'il n'est jamais avec elle ?* et il lui revint à l'esprit cette histoire qu'on lui avait racontée un jour à propos d'un vieil homme victime d'une attaque dans le lit de sa maîtresse. Il jeta un œil au consul par-dessus son épaule. Il avait l'air de bonne humeur et en excellente santé, absolument pas disposé à mourir. Dans l'intention manifeste de contrarier Elrief, il prit congé de mademoiselle Rihoschek en faisant preuve de beaucoup de tendresse, ce qui ne concordait pas exactement avec son caractère particulier. Puis il invita le lieutenant à monter dans sa voiture, lui indiquant le siège de droite. Il déplia sur ses genoux et ceux de Willi une couverture jaune clair doublée de peluche brune, et ils se mirent en route. Non sans humour, monsieur Elrief ôta son chapeau d'un geste large, outrancier, à la manière d'un grand d'Espagne qu'il souhaitait interpréter la saison prochaine dans un petit théâtre quelque part en Allemagne. Lorsque la voiture s'engagea sur le pont, le consul se tourna en direction du trio qui s'éloignait tranquillement en discutant, bras dessus bras dessous, mademoiselle Rihoschek entre les deux hommes. Il leur adressa un signe de la main, qu'ils ne remarquèrent pas.

Chapitre VIII

Ils roulaient à travers la ville endormie. Aucun bruit ne venait troubler le silence nocturne, à l'exception du claquement des sabots. « Il fait un peu frais », dit le consul. Willi ne ressentait pas vraiment le désir d'entamer une conversation, mais il se rendit compte de la nécessité de trouver quelque chose à répondre, ne serait-ce que pour maintenir le consul dans une humeur agréable.

– C'est vrai. Il fait toujours frais à la pointe du jour, nous le savons bien, nous qui sortons tôt en manœuvre.

– À propos du délai de vingt-quatre heures, commença le consul après une petite pause, d'un ton bienveillant, il n'est pas utile de le respecter scrupuleusement.

Willi prit une profonde aspiration et saisit l'occasion :

– Je voulais justement vous demander, monsieur le consul, puisque vous imaginez bien que je n'ai pas à ma disponibilité en ce moment l'intégralité de la somme...

– Bien entendu, l'interrompit brusquement Schnabel.

Le claquement des sabots se mit à résonner sous la voûte d'un viaduc qu'on passait pour atteindre la pleine campagne.

– En effet, si je me tenais à la règle des vingt-quatre heures, vous seriez contraint de vous acquitter de votre dette demain, au milieu de la nuit, à deux heures et demie. Ce ne serait commode pour personne. Fixons donc une heure.

Il fit mine de réfléchir.

– Mardi, à douze heures précises, si cela vous convient.

Il sortit de son portefeuille une carte de visite, la tendit à Willi qui l'examina avec attention. Les premiers rayons du jour naissant l'éclairaient suffisamment pour qu'il pût lire l'adresse : 5, rue Helfersdorfer. *À cinq minutes à peine de la caserne*, se dit-il.

– Donc demain, monsieur le consul, à midi ?

Il sentit son cœur battre plus vite.

– Oui, lieutenant, mardi, à midi très exactement. Je serai à mon bureau à partir de neuf heures.

– Et si je n'étais pas en mesure de réunir cette somme à cette heure-là, monsieur le consul ? Si je ne l'étais pas avant l'après-midi, par exemple, ou même mercredi...

– Je suis sûr que vous le serez, lieutenant, l'interrompit Schnabel. En vous asseyant à une table de jeu, vous deviez être préparé à l'éventualité de perdre, tout comme moi. Et si vous ne pouvez vous reposer sur aucune fortune personnelle, vous avez toutes les raisons de penser que vos parents ne vous laisseront pas tomber.

– Je n'ai plus de parents, répondit Willi très vite, et comme Schnabel laissait échapper un « oh » compatissant, il poursuivit :

– Ma mère est morte voilà huit ans, et mon père est tombé au champ d'honneur en Hongrie il y a cinq ans. Il était lieutenant.

– Ainsi donc, votre père était officier, lui aussi ?

Le ton du consul était sympathique, presque cordial.

– En effet, monsieur le consul. Qui sait si, dans d'autres circonstances, j'aurais embrassé la carrière militaire ?

– C'est étrange, dit le consul, songeur. Quand on pense à quel point l'existence est déjà pour ainsi dire toute tracée chez certains, alors que pour d'autres, elle change d'année en année, parfois même de jour en jour...

Il s'en tint là de ses réflexions, continuant à hocher gravement la tête. Curieusement, cette phrase banale et laissée en suspens parut réconfortante à Willi. Afin de renforcer un peu plus ses liens avec le consul, dans la mesure du possible, il chercha lui aussi quelques mots à dire, d'ordre général, une pensée plus ou moins philosophique, et sans réfléchir, il s'entendit déclarer que certains officiers eux-mêmes étaient parfois contraints de changer de voie.

– Oui, rétorqua le consul, c'est exact, mais la plupart du temps ils le font contre leur gré, et ils sont, ou plutôt ils ont l'impression ridicule d'être déclassés. Par ailleurs ils ne peuvent guère revenir en arrière par la suite. Contrairement à des hommes comme moi, c'est-à-dire qui ne s'embarrassent pas de préjugés sur la naissance, la position sociale ou quoi que ce soit d'autre. Ainsi, j'ai moi-même connu des hauts et des bas une bonne demi-douzaine de fois. J'ai touché le fond à tel point que si vous et vos amis officiers aviez su dans quels gouffres j'avais sombré, vous n'auriez sans doute jamais accepté de vous asseoir avec moi à une table de jeu. C'est pourquoi messieurs vos camarades ont préféré ne pas entreprendre d'enquête trop poussée.

Willi resta muet. Il ne savait quelle attitude adopter face à ces déclarations extrêmement gênantes. Si Wimmer ou Greising avaient été assis à sa place, ils auraient certainement su trouver quoi répondre. Lui n'était pas en position de le faire. Il n'était pas en droit de demander : « Qu'entendez-vous par "gouffres", monsieur le consul ? De quelle "enquête" s'agit-il ? » Oh, il s'imaginait assez bien de quoi il retournait. Lui-même était tombé dans un gouffre, un gouffre dont il n'eut pas soupçonné la profondeur quelques heures auparavant.

Il n'avait plus d'autre choix que de recourir au savoir-vivre, à la bienveillance et à la bonté du consul, quels que soient les abîmes qu'il avait pu connaître autrefois. Mais saurait-il se montrer clément ? C'était toute la question. Accepterait-il un paiement échelonné sur un an ? Sur cinq ans ? Ou bien une revanche le dimanche suivant ? Il ne paraissait pas disposé à cela, non, pour l'instant il ne semblait rien envisager de pareil. Et si Schnabel ne voulait pas en démordre, eh bien il ne lui resterait plus qu'à aller solliciter l'oncle Robert. Nous y étions : l'oncle Robert ! C'était une démarche tout à fait humiliante, presque effrayante, mais elle devait être tentée. Absolument... Il était par ailleurs impensable qu'il pût refuser de lui accorder son aide alors que la carrière, l'existence, la vie, oui, tout simplement la vie de son neveu, de l'unique fils de sa sœur décédée était en jeu. Un homme qui vivait de ses rentes, certes modestement, mais en capitaliste tout de même, qui n'avait qu'à sortir l'argent de son coffre ! Onze mille florins, cela représentait à peine le dixième, le vingtième de sa fortune. D'ailleurs, quitte à lui demander onze mille florins, autant aller jusqu'à douze, la différence était minime. Bogner serait sauvé du même coup. Cette pensée redonna aussitôt de l'espoir à Willi, comme si le ciel avait le devoir de le récompenser sur le champ de ses louables intentions. Mais la question ne se posait pas tant qu'on n'était pas certain que le consul se montrerait inflexible, ce qui n'était pas encore prouvé. Willi examina rapidement son compagnon de voyage du coin de l'œil. Il semblait plongé dans ses souvenirs. Il avait posé son chapeau sur la couverture de la voiture, et ses lèvres légèrement entrouvertes semblaient esquisser un sourire. Il paraissait plus vieux et plus doux qu'auparavant. N'était-ce pas le moment rêvé ? Mais par où commencer ? Admettre en toute honnêteté qu'on n'était pas en position de s'acquitter de sa dette, qu'on s'était lancé à l'aventure sans réfléchir, qu'on avait perdu la tête, qu'on avait brusquement été privé de discernement pendant un quart d'heure ? Et aurait-il poussé si loin sa folie, se serait-il autant égaré si le consul, car c'était un point qu'il fallait mentionner, ne lui avait pas laissé son argent à disposition, n'avait pas poussé vers lui ses billets, ne l'avait pas d'une certaine façon obligé à les accepter, sans qu'on lui eût rien demandé, sans la moindre allusion, même la plus polie ?

– N'est-ce pas merveilleux de se promener ainsi en fiacre, au petit jour ? s'exclama le consul.

– Magnifique ! s'empressa de répondre le lieutenant.

– Dommage, ajouta le consul, qu'on se sente obligé de passer une nuit blanche pour apprécier ce spectacle, qu'on la passe à jouer aux cartes ou à s'adonner à quelque autre activité plus stupide encore.

– Oh, en ce qui me concerne, répliqua immédiatement le lieutenant, j'ai de nombreuses occasions de me retrouver dehors de si bonne heure sans avoir pour autant veillé toute la nuit. Avant-hier, par exemple, j'étais déjà debout avec ma compagnie à trois heures et demie dans la cour de la caserne. Nous avons effectué une manœuvre au Prater. Toutefois, je ne m'y suis pas rendu en fiacre.

Le consul rit de bon cœur, ce qui rassura Willi, quoique ce rire parût artificiel.

– Moi aussi, j'ai dû participer à ce genre de choses plus d'une fois, dit le consul, pas en tant qu'officier il est vrai, ni même en tant que volontaire[1], je ne suis pas allé si loin

---

1. Dans l'armée austro-hongroise, il était possible, après avoir obtenu l'équivalent du baccalauréat, de faire un service « volontaire » : à la différence des autres qui devaient effectuer les trois ans obligatoires, les volontaires n'étaient engagés qu'un an, ils devaient loger en ville à leurs frais et avaient la possibilité de devenir aspirant à la fin de leur service.

dans mes études. Songez, mon lieutenant, que j'ai effectué à l'époque mes trois ans de service militaire sans dépasser le grade de caporal. Voilà quel personnage inculte je suis, ou du moins étais. J'ai appris une chose puis l'autre au fil des années. Les voyages forment la jeunesse...

– Vous avez beaucoup voyagé, monsieur le consul, dit aimablement Willi.

– Ça, je peux vous l'affirmer, soutint le consul, je suis allé presque partout, sauf justement dans le pays que je représente en tant que consul : l'Équateur. Mais j'ai l'intention de bientôt renoncer à mon titre et de le visiter.

Il rit, et Willi se mit à rire lui aussi, avec quelque difficulté.

Ils traversèrent une bourgade misérable, toute en longueur, passant entre des maisons grises, sans étage et mal entretenues. Dans un petit jardinet, un homme en manches de chemise arrosait ses buissons ; une jeune femme sortait d'une crémerie déjà ouverte avec un pot rempli et marchait dans la rue, vêtue d'une robe en lambeaux. Willi se sentait jaloux de ces deux personnages, du vieil homme qui arrosait son jardin et de la jeune femme qui rapportait du lait dans un foyer où l'attendaient mari et enfants. Il les savait plus heureux que lui, ce jour-là. La voiture passa devant un bâtiment haut et nu devant lequel un gendarme faisait les cent pas ; il salua le lieutenant qui lui répondit avec une courtoisie excessive, dont il n'avait pas l'habitude d'user envers les simples soldats. Le regard que le consul jeta à cet édifice, un regard méprisant mais chargé de souvenirs, donna à réfléchir à Willi. Malgré tout, que pouvait bien lui apporter à cet instant de savoir que le passé du consul n'était sans doute pas sans tache ? Les dettes de jeu étaient les dettes de jeu, même un criminel puni par la loi était en droit d'exiger leur règlement. Le temps s'écoulait, le trot des chevaux se faisait plus rapide, ils seraient à Vienne dans une heure, une demi-heure peut-être. Mais ensuite ?

– Et des individus comme ce lieutenant Greising, par exemple, dit Schnabel comme pour conclure la réflexion à laquelle il s'était livrée en silence, on les laisse errer en liberté.

C'est donc bien ça, pensa Willi. *Cet homme a déjà fait un séjour en prison.* Mais il n'était pas question de cela, la remarque du consul était une offense très nette faite à un camarade absent. Devait-il simplement ne pas réagir, faire comme s'il avait mal entendu ou comme s'il accordait quelque légitimité à ces propos ?

– Je dois vous demander de laisser mon camarade Greising en dehors de cela, monsieur le consul.

Le consul eut pour toute réponse un vague geste de la main.

– En vérité, dit-il, il est surprenant de constater que des hommes qui accordent tant d'importance à la question de l'honneur puissent accepter parmi eux une personne qui met consciemment en danger la santé d'une autre, en l'occurrence celle d'une jeune fille perdue et sans expérience, et qui rend malade ce pauvre être, risquant même de la tuer.

– Nous n'en savons rien, répliqua Willi en haussant légèrement le ton. Et quoi qu'il en soit je n'en ai pas connaissance.

– Mais, mon lieutenant, je n'ai pas du tout l'intention de vous adresser des reproches. Vous n'êtes en aucun cas responsable de cette situation, et il n'est absolument pas en votre pouvoir de la changer.

Willi chercha en vain quelque chose à lui répliquer. Il se demanda s'il n'était pas de son devoir de rapporter les propos du consul à son camarade. Ou bien devait-il plutôt s'entretenir de cette affaire avec le médecin-major Tugut, en dehors du service ? Ou demander conseil au lieutenant Wimmer ? Qu'est-ce que cela pouvait lui faire, après tout ! Il s'agissait de lui, de lui seul, de son propre cas, de sa carrière, de sa vie ! La statue de la *Spinnerin am Kreuz* s'élevait déjà au loin, éclairée par les premiers rayons de soleil, et il n'avait pas encore dit un mot susceptible de lui faire obtenir ne fût-ce qu'un délai, un léger sursis. Il sentit à cet instant son voisin lui toucher doucement le bras.

– Pardonnez-moi, mon lieutenant, ne parlons plus de cela, peu m'importe au fond que le lieutenant Greising ou qui que ce soit... d'autant plus que je n'aurai plus guère le loisir de m'asseoir à la même table que ces messieurs.

Willi sursauta :

– Comment dois-je le comprendre, monsieur le consul ?

– Je pars en voyage, répondit froidement Schnabel.

– Si tôt ?

– En effet, après-demain, ou plus précisément demain, mardi.

– Pour longtemps, monsieur le consul ?

– Probablement pour une période de trois à trente ans.

Les camions et les véhicules des marchands animaient déjà la Rue Impériale. Willi, les yeux baissés, vit les boutons dorés de sa tunique scintiller dans l'éclat du soleil levant.

– Une décision subite, ce départ, monsieur le consul ? demanda-t-il.

– Oh, pas le moins du monde, mon lieutenant, il est prévu depuis longtemps. Je pars pour l'Amérique, pas en Équateur, pas tout de suite, mais à Baltimore, où vit ma famille et où je possède également un négoce. Voici huit ans que je ne m'y suis pas rendu pour y veiller personnellement.

Il a une famille, pensa Willi. *Et quelle place a mademoiselle Riboschek dans tout ceci ? Est-elle seulement au courant de son départ ? Mais quelle importance ? Il est grand temps. Je suis pris à la gorge.*

Sans le vouloir, il porta la main à son cou :

– Il est très regrettable, dit-il, impuissant, que vous deviez partir si vite, monsieur le consul. J'avais compté, oui, j'avais compté avec certitude – il adopta un ton plus léger, presque badin – que vous m'accorderiez une petite revanche dimanche prochain.

Le consul haussa les épaules, comme si l'affaire avait été réglée depuis longtemps. *Que puis-je faire maintenant ?*

se demanda Willi. *Le supplier peut-être ? Que peuvent bien représenter pour lui quelques malheureux milliers de florins ? Il a une famille en Amérique, sans parler de mademoiselle Riboschek. Il a également un négoce : que lui importe cet argent ? Tandis que pour moi, c'est une question de vie ou de mort.*

La voiture passa sous un pont pour entrer dans la ville. Un train siffla en sortant de la Gare du Sud. *Ce train doit aller à Baden,* pensa Willi, *puis il continuera vers Klagenfurt, jusqu'à Trieste. Et de là, ses voyageurs traverseront peut-être les mers pour une autre partie du monde...* Il les enviait tous.

– Où dois-je vous déposer, mon lieutenant ?

– Oh, je vous en prie, répondit Willi, où il vous plaira. J'habite à la caserne de l'Als.

– Je vous amène jusqu'à la porte cochère, mon lieutenant.

Il donna les indications correspondantes au cocher.

– Merci beaucoup, monsieur le consul, ça n'était vraiment pas nécessaire.

Tout était endormi. Les rails du tramway, encore vierges du trafic de la journée, traçaient des lignes lisses et brillantes devant les roues du fiacre. Le consul regarda sa montre :

– Bien, nous avons roulé à bonne allure : une heure et dix minutes. Prévoyez-vous des manœuvres à l'extérieur ce matin, mon lieutenant ?

– Non, répondit Willi, je suis chargé de l'instruction, aujourd'hui.

– Dans ce cas, vous pourrez certainement vous allonger un petit moment, n'est-ce pas ?

– C'est certain, monsieur le consul, mais je pense que je vais m'accorder un jour de repos. Je vais me faire porter pâle.

Le consul fit un signe de tête approbateur et garda le silence.

– Donc, vous partez mercredi, monsieur le consul ?

– Non, mon lieutenant, corrigea Schnabel en insistant bien sur chaque mot : demain, mardi soir.

– Monsieur le consul, je tiens à être tout à fait honnête envers vous, je suis terriblement gêné, mais je crains fort qu'il me soit impossible de réunir dans un si court laps de temps, d'ici à demain midi...

Le consul resta muet. Il semblait à peine l'écouter.

– Si monsieur le consul voulait bien avoir l'extrême bonté de m'accorder un délai ?

Le consul secoua la tête. Willi poursuivit.

– Oh, je ne vous demanderais pas longtemps, peut-être pourrais-je vous signer une traite ou une lettre de change, et je m'engagerais sur l'honneur à vous régler dans les quinze jours... Nous arriverons certainement à trouver un arrangement.

Le consul continuait à secouer la tête, mécaniquement, sans la moindre réaction.

– Monsieur le consul, reprit Willi, dont le ton se faisait suppliant malgré lui, mon oncle Robert Wilram, peut-être connaissez-vous son nom ?

Schnabel hochait toujours la tête, inébranlable.

– Je ne suis pas tout à fait persuadé que mon oncle, sur lequel je peux par ailleurs m'appuyer en toutes circonstances, dispose actuellement de l'intégralité de la somme. Mais bien entendu il peut en quelques jours... C'est un homme aisé, l'unique frère de ma mère, un rentier.

Soudain, sa voix eut une intonation si étrange qu'on le crût pris d'un rire :

– Il est vraiment fâcheux que monsieur le consul parte si vite en Amérique.

– Mon lieutenant, répondit calmement Schnabel, vous n'avez en aucun cas à vous préoccuper de ma destination. Vous n'êtes pas sans savoir que les dettes de jeu doivent être réglées dans les vingt-quatre heures.

– Je le sais, monsieur le consul, je le sais parfaitement. Mais malgré tout il arrive parfois que... Je connais moi-même des camarades qui, dans pareille situation... Il ne dépend que de vous, monsieur le consul, de bien vouloir vous contenter pour l'instant d'un engagement oral ou écrit jusqu'à, disons, au moins dimanche prochain.

– Je ne m'en contenterai pas, mon lieutenant. Demain, mardi, à midi, dernier délai. Sans quoi j'en référerai au commandement de votre régiment.

La voiture s'engagea sur le Ring, longeant le Volksgarten. Les arbres d'un vert luxuriant dressaient leur cime au-dessus des grilles dorées. C'était un délicieux matin de printemps. On ne voyait presque personne marcher dans la rue ; seule une jeune femme très élégante, habillée d'un manteau beige boutonné jusqu'au cou, se promenait à pas rapides avec un petit chien le long des grilles, semblant se plier à une obligation. Elle jeta un regard indifférent au consul, qui se tournait vers elle, malgré son épouse en Amérique et mademoiselle Rihoschek à Baden, laquelle, bien sûr, appartenait d'abord au comédien Elrief. *Qu'ai-je donc à faire de monsieur Elrief,* pensa Willi, *et que m'importe mademoiselle Rihoschek ? Qui sait, après tout : si je m'étais montré plus aimable avec elle, peut-être m'aurait-elle défendu.* Pendant un instant il se demanda sérieusement s'il ne devait pas se rendre sans tarder à Baden pour la prier d'intervenir. Intervenir auprès du consul ? Elle lui rirait au nez. Elle le connaissait bien, le consul, elle avait toutes les raisons de bien le connaître. Son seul salut possible était l'oncle Robert. Il n'y avait aucun doute. Sinon il ne lui restait plus qu'à se loger une balle dans la tête. Il lui fallait garder cela à l'esprit.

Un bruit régulier qui s'apparentait au pas approchant d'une colonne en marche parvint à ses oreilles. Le 98e n'avait-il pas un exercice ce matin ? Aux monts Bisam ? Il aurait ressenti quelque honte à rencontrer des camarades à la tête de leur compagnie, pendant que lui se déplaçait en fiacre. Mais ils ne croisèrent pas de soldats. C'était un cortège de jeunes garçons, probablement les élèves d'une école qui partaient en excursion, menés par leur professeur. Celui-ci, un jeune homme au teint pâle, jeta sur eux un regard dans lequel on devinait une estime aussi profonde qu'inexplicable pour les deux hommes qui le croisaient en fiacre à une heure aussi matinale. Willi n'aurait jamais cru en arriver un jour à envier la situation d'un quelconque maître d'école. Le fiacre dépassait à présent le premier tramway, dans lequel étaient assis quelques hommes en tenue de travail, ainsi qu'une vieille dame. Une voiture de la commune vint à leur rencontre, et un homme d'aspect rude, aux manches de chemise retroussées, balançait un tuyau d'arrosage par à-coups réguliers, comme une corde à sauter, faisant jaillir l'eau qui trempait la chaussée. Deux nonnes, les yeux baissés, traversèrent la route en direction de l'Église Votive, dont les deux tours étroites s'élançaient vers le ciel. À l'ombre des fleurs blanches d'un arbre, une jeune personne était assise sur un banc, les chaussures couvertes de poussière, un chapeau de paille sur les genoux, et sur les lèvres le sourire de quelqu'un à qui il est arrivé une heureuse aventure. Une voiture couverte aux rideaux baissés les dépassa à toute allure. Une vieille femme corpulente nettoyait la grande vitre d'un café à l'aide d'un balai et d'une serpillière. Toutes ces personnes et toutes ces choses que Willi ne remarquait pas d'habitude s'imposaient à son esprit devenu d'une extrême réceptivité, avec une profusion de détails presque douloureuse. Il en avait presque oublié l'homme assis à ses côtés dans la voiture. Il lui adressa un regard timide. Le consul était assis, le corps renversé en arrière, le chapeau posé sur la couverture et les yeux fermés. Quel air doux et bienveillant il avait ! Et c'est cet homme qui le poussait à la mort ? Il semblait dormir, mais peut-être faisait-il semblant ? *N'ayez crainte, monsieur le consul, je ne vous incommoderai plus longtemps. Vous aurez votre argent mardi, à midi. Ou vous ne l'aurez pas. Mais en aucun cas...* La voiture s'arrêta aux portes de la caserne et le consul s'éveilla aussitôt, ou du moins parut le faire. Il alla jusqu'à se frotter les yeux, un geste qui semblait exagéré après s'être assoupi deux minutes et demie. La sentinelle postée à l'entrée salua. Willi sauta de voiture avec agilité, sans toucher le marchepied, et adressa un sourire au consul. Il fit une dernière chose : donner un pourboire au cocher, ni trop, ni trop peu, comme un gentilhomme à qui il importe peu d'avoir gagné ou perdu après une nuit passée à jouer.

– Merci infiniment, monsieur le consul, et au revoir !

Le consul, resté sur le siège de sa voiture, lui tendit la main et l'attira légèrement vers lui, comme pour lui confier quelque chose qui devait rester entre eux.

– Je vous conseille de ne pas prendre cette affaire à la légère, mon lieutenant, dit-il sur un ton presque paternel, si vous tenez un tant soit peu à rester officier. Demain, mardi, à midi.

Puis il poursuivit à voix haute :

– Au revoir, mon lieutenant.

Willi s'efforça de sourire en portant la main à son képi. La voiture fit demi-tour et s'éloigna.

CHAPITRE IX

L'église de l'Als sonna cinq heures moins le quart. La porte cochère s'ouvrit et une compagnie du 98e passa devant Willi. Les hommes avaient la tête tournée vers lui, avec une raideur toute militaire. Willi leur rendit leur salut à plusieurs reprises.

– Où allez-vous, Wieseltier ? demanda-t-il d'un air suffisant au cadet qui fermait la marche.

– Sur le terrain des pompiers, mon lieutenant.

Willi hocha la tête comme pour marquer son accord et, pendant un moment, suivit des yeux le 98e sans vraiment le regarder. La sentinelle se tenait encore au garde-à-vous lorsque Willi entra. On referma la porte après son passage.

Des ordres criés du fond de la cour résonnaient dans ses oreilles. Une troupe de recrues s'entraînait au maniement des armes sous la surveillance d'un caporal. La cour nue de la caserne baignait dans la lumière du jour naissant. Çà et là se dressaient quelques arbres. Willi continua à longer le mur et jeta un œil vers sa fenêtre. Son ordonnance apparut dans l'encadrement, regarda dans sa direction, se mit au garde-à-vous un instant et disparut. Willi se hâta de monter l'escalier ; à peine arrivé dans le vestibule, où l'ordonnance s'apprêtait à allumer le feu sous la bouilloire, il se débarrassa de son col et ouvrit sa tunique.

– Mon lieutenant, le café est bientôt prêt. À vos ordres.

– Très bien, dit Willi.

Il entra dans sa chambre, ferma la porte derrière lui, retira son veston et se jeta sur le lit en gardant chaussures et pantalon.

Il m'est impossible de me rendre chez l'oncle Robert avant neuf heures, pensa-t-il. *Dans tous les cas je lui demanderai directement douze mille florins, ainsi Bogner aura les mille dont il a besoin, s'il ne s'est pas brûlé la cervelle d'ici là. Par ailleurs, qui sait ? Peut-être a-t-il réellement gagné aux courses, peut-être même est-il en mesure de me tirer d'affaire. Quoique onze ou douze mille florins, cela ne se gagne pas facilement...*

Ses paupières se fermèrent. Neuf de pique... As de carreau... Roi de cœur... Huit de pique... Valet de trèfle... Quatre de carreau... Les cartes dansaient devant ses yeux. L'ordonnance entra, rapprocha la table du lit et servit une tasse à Willi, qui se releva en s'appuyant sur un bras pour boire.

– Peut-être devrais-je vous retirer vos bottes, mon lieutenant ?

Willi secoua la tête :

– Ce n'est plus la peine.

– Dois-je vous réveiller plus tard, mon lieutenant ?

Et comme Willi ne paraissait pas le comprendre, il poursuivit :

– Vous êtes chargé de l'instruction à sept heures, mon lieutenant. J'attends vos ordres.

Willi hocha à nouveau la tête :

– Je suis malade, je dois me rendre chez le docteur. Veuillez rendre compte au commandant de... mon état, comprenez-vous ? J'enverrai une note de service plus tard. J'ai rendez-vous à neuf heures chez un professeur pour faire examiner mes yeux. Vous prierez l'aspirant Brill de bien vouloir s'occuper de l'instruction à ma place. Rompez ! Non, attendez !

– Mon lieutenant ?

– À huit heures moins le quart, vous vous rendrez à l'église de l'Als, en face. L'homme qui était là hier matin, le lieutenant Bogner, m'y attendra. Vous lui direz que je le prie de bien vouloir accepter mes excuses, mais que je ne suis malheureusement parvenu à rien, compris ?

– Oui, mon lieutenant.

– Répétez.

– Mon lieutenant présente ses excuses. Mon lieutenant n'est parvenu à rien.

– Malheureusement parvenu à rien. Attendez. Si jamais il lui restait encore un peu de temps, jusqu'à ce soir ou demain matin...

Il s'interrompit brusquement.

– Non, c'est trop tard. Je ne suis malheureusement parvenu à rien, c'est tout. Vous avez compris ?

– Oui, mon lieutenant.

– Et quand vous reviendrez de l'église de l'Als, veuillez frapper à la porte, à toutes fins utiles. À présent fermez la fenêtre et partez.

L'ordonnance obéit aux ordres, et un commandement hurlé du fond de la cour s'interrompit tout net. Lorsque Josef referma la porte derrière lui, Willi s'allongea de nouveau et il ferma les yeux. As de carreau... Sept de trèfle... Roi de cœur... Huit de carreau... Neuf de pique... Dix de pique... Dame de cœur... *Maudite canaille*, pensa Willi. Car la dame de cœur était en réalité mademoiselle Kessner. *Si je n'étais pas resté assis à cette table, ce désastre n'aurait pas eu lieu.* Neuf de trèfle... Six de pique... Cinq de pique... Roi de pique... Roi de cœur... Roi de trèfle... *« Ne prenez pas cette affaire à la légère, mon lieutenant. » Que le diable l'emporte ! Il aura son argent, mais après cela je lui enverrai deux témoins... Non, ça ne marchera pas : jamais il n'acceptera un duel.* Roi de cœur... Valet de pique... Dame de carreau... Neuf de carreau... As de pique... La farandole continuait. As de carreau... As de cœur... Insensée, sans trêve... Ses yeux brûlaient sous ses paupières. Il n'y avait pas sur toute la surface de la terre autant de cartes que celles qui défilaient devant lui à cet instant.

On frappa, et il se réveilla en sursaut. Même devant ses yeux ouverts la danse infernale se poursuivait. L'ordonnance se tenait face à lui :

– Mon lieutenant, au rapport : le lieutenant Bogner m'a prié de vous remercier sincèrement de vous être donné du mal, et vous adresse ses salutations amicales.

– Ainsi... Ainsi il n'a rien dit d'autre ?

– Non, mon lieutenant, il a fait demi-tour et est reparti immédiatement.

– Bien... Il a fait demi-tour. Et avez-vous rapporté au commandant que j'étais malade ?

– Oui, mon lieutenant.

Voyant l'ordonnance ricaner, Willi lui demanda :

– Pourquoi donc ce rire idiot ?

– C'est à cause du commandant.

– Pourquoi ça ? Qu'a donc dit le commandant ?

Et, tout en ricanant, l'ordonnance expliqua :

– Le lieutenant doit aller chez l'oculiste, a dit le commandant, c'est que le lieutenant s'est blessé en regardant une jeune demoiselle de trop près.

Comme ce bon mot ne faisait pas sourire Willi, l'ordonnance ajouta, un peu alarmé :

– C'est ce qu'a dit le commandant.

– Rompez, ordonna Willi.

Tandis qu'il se préparait, il réfléchissait à toutes sortes de phrases, essayait de trouver l'intonation qui lui permettrait d'émouvoir le cœur de son oncle. Il ne l'avait pas vu depuis deux ans. Il n'était plus guère capable à cet instant de se souvenir du caractère de son oncle, ni même de se représenter ses traits. Il lui venait à l'esprit des visages sans cesse différents, avec des expressions, des habitudes et une façon de parler qui n'étaient pas les siennes. Il ne parvenait pas à savoir à l'avance lequel de ces oncles se tiendrait face à lui ce jour-là.

Enfant, il voyait en son oncle un homme mince, toujours habillé avec élégance et jeune encore, malgré les vingt-cinq ans qui les séparaient et qui lui donnaient un air déjà mûr à l'époque. Robert Wilram ne restait jamais que quelques jours en visite dans la petite ville hongroise où stationnait la garnison de son beau-frère, le major Kasda. Le père et l'oncle ne s'entendaient pas particulièrement bien, et Willi se rappelait d'ailleurs vaguement d'une dispute entre ses parents à propos de l'oncle, qui s'était achevée lorsque sa mère avait brusquement quitté la pièce en pleurant. On ne parlait presque jamais du métier de Robert Wilram, pourtant Willi croyait se souvenir qu'il avait occupé un poste de fonctionnaire. Il l'avait abandonné une fois veuf, quand il avait hérité de son épouse défunte une petite fortune. Il avait dès lors vécu en rentier et fait de nombreux voyages à travers le monde. Il avait appris la mort de sa sœur alors qu'il résidait en Italie, et n'était revenu qu'après l'enterrement. Willi avait toujours gardé en mémoire l'image de son oncle, debout près de lui devant la tombe, les yeux secs, considérant avec une gravité morne les couronnes mortuaires à peine fanées. Peu après, ils avaient quitté ensemble la petite ville, Robert Wilram se rendant à Vienne, Willi retournant à l'École des Cadets de Wiener-Neustadt. À compter de cette époque, il avait rendu visite de temps en temps à son oncle le dimanche et les jours fériés, celui-ci l'emmenant au théâtre ou au restaurant. Plus tard, après la mort brutale de son père, quand Willi avait été affecté comme lieutenant à un régiment de Vienne, Wilram lui avait offert de bon gré une rente mensuelle qui continuait d'être versée par une banque au jeune officier lorsqu'il lui arrivait de partir à l'étranger. Robert Wilram était revenu considérablement vieilli d'un de ces voyages, au cours duquel il était tombé gravement malade et, alors que l'argent continuait à parvenir à l'adresse de Willi tous les mois, les rencontres entre l'oncle et son neveu avaient connu des interruptions plus ou moins longues, en fonction des différentes phases de l'existence de Robert Wilram, qui semblaient se succéder de façon très caractéristique. Il arborait par périodes la mine d'une personne enjouée et sociable, il fréquentait à nouveau avec son neveu restaurants et théâtres, mais aussi des cabarets à l'ambiance très légère, dans lesquels il s'affichait la plupart du temps avec une jeune dame frivole que Willi rencontrait pour la première fois à cette occasion et en général ne revoyait jamais. Puis venaient des semaines durant lesquelles l'oncle semblait se retirer tout à fait du monde et du contact des hommes. Quand il arrivait qu'on laissât Willi entrer, il se trouvait face à un homme austère, taciturne et prématurément vieilli, enveloppé dans une robe de chambre d'une teinte brune, aux allures de soutane. Avec l'expression d'un comédien rongé de désespoir, il parcourait de long en large la pièce aux hautes voûtes que le jour n'éclairait jamais tout à fait, ou bien il restait assis à son bureau, lisant et travaillant sous la lumière artificielle. La conversation qui s'engageait alors était laborieuse et traînait la plupart du temps, comme si tous deux étaient devenus des étrangers l'un pour l'autre. Une fois seulement, tandis qu'il était par hasard question d'un camarade de Willi qui, victime d'une histoire d'amour malheureuse, venait de mettre fin à ses jours, Robert Wilram ouvrit un des tiroirs de son bureau, en sortit à la stupéfaction de Willi un nombre imposant de feuilles noircies d'encre et se mit à lire un ensemble de remarques philosophiques sur la mort et l'immortalité, assorties de réflexions acerbes et mélancoliques à propos de la gent féminine. Il parut complètement oublier la présence du jeune homme qui écoutait ces considérations non sans un certain embarras, et même avec un peu d'ennui. Au moment précis où Willi tentait vainement d'étouffer un léger bâillement, l'oncle releva les yeux de son manuscrit, ses lèvres grimacèrent un sourire, il rassembla les feuillets, les rangea dans leur tiroir et aborda sans transition des sujets divers, davantage susceptibles d'éveiller l'intérêt d'un jeune officier. Même après cette soirée plutôt étrange, il y eut plusieurs autres rencontres agréables, comme autrefois. Il leur arriva de faire à nouveau de petites promenades, certains après-midi ensoleillés. Mais un jour que Willi devait passer chercher son oncle à son appartement, Wilram annula leur rendez-vous et fit parvenir peu après à son neveu une lettre expliquant qu'il était si terriblement occupé qu'il se voyait malheureusement contraint de prier Willi de renoncer à d'autres visites dans l'immédiat. Bientôt la rente mensuelle ne fut plus envoyée. Une lettre lui signalant cet oubli dans les termes les plus courtois resta sans réponse, la deuxième n'eut pas plus de succès, à la troisième il reçut un mot lui signifiant que Robert Wilram se voyait dans l'obligation, à son plus grand regret, suite à « des changements fondamentaux survenus dans sa situation », de cesser toute donation « y compris à sa proche famille ». Willi tenta de parler à son oncle en personne. On refusa de le recevoir à deux reprises, et au troisième essai, alors qu'on lui avait fait savoir qu'il était absent, il aperçut son oncle disparaître rapidement derrière une porte. Il dut se rendre à l'évidence et admettre enfin que tout autre effort était vain. Il ne lui restait plus qu'à restreindre le plus possible ses dépenses. Le maigre héritage laissé par sa mère était presque entièrement dépensé, et pourtant il ne s'était jamais sérieusement préoccupé de l'avenir, comme à son habitude, jusqu'à ce moment où, d'un jour à l'autre, d'une heure à l'autre, la peur s'était dressée sur son chemin d'un seul coup, sous son apparence la plus menaçante.

D'humeur maussade, mais non sans espoir, il finit par descendre l'escalier réservé aux officiers, tortueux, constamment plongé dans la pénombre. Il ne reconnut pas tout de suite l'homme qui lui barrait le passage en écartant les bras.

– Willi ! l'appela Bogner.

– C'est toi ?

Que voulait-il ?

– Tu ne sais donc pas ? Joseph ne t'a pas porté le message ?

– Je sais, je sais, je voulais juste te dire, au cas où, que le contrôle est repoussé à demain.

Willi haussa les épaules. Ça ne l'intéressait pas le moins du monde.

– Repoussé, tu comprends ?

– Ce n'est pas bien difficile à comprendre, et il descendit une autre marche.

Bogner ne le laissa pas continuer.

– C'est sûrement un signe du destin, cria-t-il, ça présage peut-être notre salut. Ne sois pas fâché, Kasda, si je te demande une nouvelle fois... je sais que tu n'as pas eu de chance hier.

– En effet, lança Willi, en effet, je n'ai pas eu de chance.

Il poursuivit dans un éclat de rire :

– J'ai tout perdu, tout et plus encore !

Il ajouta, en perdant le contrôle de lui-même, comme s'il voyait en Bogner la seule et unique raison de son malheur :

– Onze mille florins, bon sang, onze mille florins !

– Bigre, bien sûr, c'est... Que comptes-tu...

Il s'interrompit. Leurs regards se rencontrèrent et les traits de Bogner s'éclaircirent.

– Alors tu vas de ce pas chez ton oncle, n'est-ce pas ?

Willi se mordit les lèvres. *Quelle inconvenance ! Quel culot !* se dit-il par-devers lui, et il s'en fallut de peu pour qu'il le prononçât à voix haute.

– Pardonne-moi, ça ne me regarde pas. Et puis je dois d'autant moins me mêler de tes affaires que je suis d'une certaine façon responsable moi aussi de... enfin... Mais si tu tentes le coup, Kasda, onze ou douze mille, ça ne fait pas vraiment de différence.

– Tu es fou, Bogner. J'ai aussi peu de chance d'en obtenir onze que douze.

– Mais tu y vas quand même, Kasda !

– Je ne sais pas encore.

– Willi...

– Je ne sais pas encore, répéta-t-il avec impatience. Peut-être, peut-être pas... Adieu.

Il le poussa sur le côté et dévala les marches.

Onze ou douze, ce n'était en aucun cas la même chose. Tout pouvait se jouer justement sur ce billet de mille ! Un bourdonnement résonnait dans sa tête : onze, douze, onze, douze, onze, douze ! Il ne devait pas prendre de décision avant d'être face à son oncle. Il jugerait le moment venu. Quoiqu'il en soit, c'était stupide d'avoir révélé le montant de la somme à Bogner, et même de s'être laissé retenir par lui dans l'escalier. Que représentait cet homme pour lui ? Un camarade, oui, mais un ami véritable, il ne l'avait jamais été ! Et voilà que leurs destins se trouvaient liés à jamais ! *Ça n'a pas de sens*. Onze, douze, onze, douze. Douze, cela sonnait peut-être mieux que onze, cela pouvait lui porter chance... Peut-être que le miracle se réaliserait précisément s'il demandait douze mille florins. Durant tout le trajet à travers la ville, de la caserne de l'Als jusqu'à la très ancienne maison, dans la rue étroite derrière la cathédrale Saint-Étienne, il se demanda s'il valait mieux parler de onze ou douze mille florins à son oncle, comme si son succès ou sa vie en dépendaient.

Une personne d'un certain âge qu'il ne connaissait pas lui ouvrit la porte. Willi donna son nom.

– Que mon oncle – je suis en effet le neveu de monsieur Wilram – que mon oncle veuille bien m'excuser, mais il s'agit d'une affaire de la plus haute importance, et en aucun cas je ne resterai longtemps.

La femme, d'abord indécise, s'éloigna. Elle revint étonnamment vite, l'air plus aimable. Willi prit une profonde inspiration tandis qu'on le conduisait jusqu'à Robert Wilram.

CHAPITRE X

Son oncle se tenait debout face à l'une des deux hautes fenêtres. Il ne portait pas la robe de chambre couleur soutane dans laquelle Willi s'attendait à le voir, mais un costume clair bien taillé, quoiqu'un peu élimé, et des souliers vernis qui avaient perdu de leur éclat. D'un geste ample mais las, il fit signe à son neveu d'approcher.

– Bonjour, Willi. C'est bien que tu sois revenu voir ton vieil oncle. J'ai cru que tu m'avais déjà oublié.

Il brûlait d'envie de répondre qu'on avait plusieurs fois refusé de le recevoir et que ses lettres étaient restées sans réponse, mais il estima plus sage de s'exprimer prudemment :

– C'est que tu vis si retiré du monde extérieur que je n'étais pas certain qu'une visite puisse te faire plaisir.

La pièce était restée inchangée. Le bureau était recouvert de livres et de papiers, le rideau vert devant la bibliothèque était à moitié tiré, laissant entrevoir quelques reliures de cuir. Comme auparavant, un tapis persan s'étendait sur le canapé, parsemé de quelques coussins brodés. Au mur étaient accrochées deux gravures jaunies représentant des paysages italiens, ainsi que des portraits de famille dans des cadres en or mat. Le portrait de la mère de Willi était resté à la même place, sur le bureau. Willi, qui n'en voyait que l'envers, le reconnut à son contour et à son cadre.

– Tu ne veux pas t'asseoir ? lui demanda Robert Wilram.

Willi restait debout, le képi à la main, le sabre accroché au ceinturon, si raide qu'il semblait être au garde-à-vous. Il prit la parole sur un ton qui ne convenait pas exactement à l'attitude qu'il avait adoptée :

– Pour dire vrai, cher oncle, je ne serais pas venu te voir aujourd'hui si je ne... enfin, en un mot, il s'agit d'une affaire très importante, extrêmement importante.

– Que me dis-tu là ? dit Robert Wilram amicalement mais sans vraiment montrer de compassion.

– Importante pour moi, du moins. Pour faire court et sans tergiverser, j'ai commis une bêtise, une énorme bêtise. J'ai... J'ai joué et j'ai perdu plus que je ne possède.

– Hum. On dirait quelque chose de plus grave qu'une bêtise, dit son oncle.

– J'ai fait preuve de légèreté, confirma Willi, d'une impardonnable légèreté. Je n'enjoliverai rien. La situation est telle que si je n'ai pas réglé ma dette avant sept heures ce soir, je suis... je suis simplement...

Il haussa les épaules et s'interrompit, comme un enfant boudeur.

Robert Wilram secouait tristement la tête, mais il ne répondait rien. Le silence dans la pièce devint si insoutenable que Willi reprit son récit. Il raconta avec empressement sa mésaventure de la veille. Il s'était rendu à Baden pour voir un camarade malade, il y avait rencontré d'autres officiers, des amis de longue date, et s'était laissé entraîner dans une partie de cartes. Bon enfant dans un premier temps, elle avait dégénéré sans qu'il y fût pour quoi que ce soit. Il préférait taire les noms des participants, à l'exception de celui de son créancier, un négociant en gros, consul d'Amérique du Sud, un certain Schnabel qui, par malchance, devait partir en Amérique le lendemain matin, et qui, au cas où la dette ne serait pas remboursée le soir même, l'avait menacé de faire un rapport au commandement du régiment.

– Tu sais ce que cela veut dire, mon oncle, conclut Willi, et il s'effondra sur le divan, épuisé.

L'oncle, dont les yeux fixaient le mur derrière son neveu, demanda amicalement :

– À combien s'élève cette dette, au juste ?

Willi hésita à nouveau. Il pensa d'abord ajouter au montant les mille florins de Bogner, mais il fut soudain convaincu que ce petit rajout pouvait remettre en cause l'issue de sa requête. Il n'annonça finalement que la somme qu'il devait rembourser.

– Onze mille florins, répéta Robert Wilram en secouant la tête, sur un ton dans lequel on décelait une certaine forme d'admiration.

– Je sais, répondit hâtivement Willi, c'est une petite fortune. Je ne cherche pas à me justifier. J'ai été terriblement inconséquent, pour la première fois, je pense, et certainement pour la dernière. La seule chose que je puisse faire, c'est te jurer, mon oncle, que je ne toucherai plus à une carte de toute ma vie, que je m'appliquerai à te témoigner toute ma gratitude en menant une existence exemplaire, oui, je suis prêt, je le déclare solennellement, à renoncer une fois pour toutes à tous mes droits au cas où nos liens familiaux t'auraient amené à me coucher sur ton testament, si tu voulais bien une fois, cette fois seulement, mon oncle...

Après n'avoir laissé paraître jusque-là aucune émotion, Robert Wilram paraissait peu à peu gagné par un certain malaise. Il avait déjà levé une main ; à présent, il joignait l'autre à son geste, comme pour signifier le plus clairement possible à son neveu de se taire, et il l'interrompit d'une voix aiguë, presque stridente, qui n'était pas la sienne.

– Je le regrette beaucoup, je le regrette amèrement, mais même si je le voulais je ne pourrais t'apporter mon aide.

Et comme Willi ouvrait la bouche, s'apprêtant à répondre :

– Je ne le pourrais absolument pas. Il serait superflu d'ajouter quoi que ce soit. Ne te donne pas davantage de mal.

Et il se retourna vers la fenêtre.

Willi, qui eut tout d'abord l'impression d'avoir reçu un coup derrière la tête, reprit ses esprits et pensa qu'il aurait été vain d'espérer faire plier son oncle dès le premier assaut. Il revint à la charge :

– Je ne cherche pas à me voiler la face, cher oncle, ma demande est d'une grande impertinence, d'une audace sans pareille. Par ailleurs, je n'aurais jamais osé me tourner vers toi s'il avait existé la moindre possibilité de me procurer l'argent d'une autre façon. Mais tu dois te mettre à ma place, mon oncle ! Pour moi, tout est remis en cause, pas seulement ma carrière d'officier. Que puis-je faire sinon ? Je n'ai pas fait d'études en dehors de l'École des Cadets, je ne sais rien faire d'autre. Et il m'est absolument impossible en tant qu'officier démis de ses fonctions... Hier encore j'ai croisé par hasard un ancien camarade qui, lui aussi... Non, plutôt se loger une balle dans la tête. Ne m'en veux pas, cher oncle, mais je te demande de comprendre. Mon père était officier, mon grand-père est mort avec le grade de feld-maréchal. Pour l'amour de Dieu, je ne peux pas finir de cette façon. La punition serait bien trop sévère, pour un moment d'égarement. Je ne suis pas un joueur invétéré, tu le sais bien. Jamais je n'ai eu de dettes. Même l'année dernière, alors que j'ai connu parfois des périodes très difficiles, je ne me suis jamais laissé tenter, bien qu'on m'ait proposé de l'argent. Bien sûr, c'est une somme énorme ! Je crois que je ne pourrais même pas me la procurer chez un usurier. Et quand bien même, que se passerait-il ensuite ? Dans six mois, je devrais rembourser le double, dans un an, dix fois plus, et...

– Suffit, Willi, l'interrompit enfin Wilram, d'une voix plus perçante encore. Il suffit, je ne peux pas t'aider. Je le voudrais bien, mais je ne peux pas. Comprends-tu ? Moi-même je n'ai rien, tel que tu me vois, je n'ai pas cent florins en ma possession. Regarde ici, et là...

Il ouvrit les tiroirs les uns après les autres, ceux du bureau, ceux de la commode, comme si le fait qu'on n'y aperçoive ni billet ni pièces de monnaie donnait du crédit à ses paroles. Il n'y avait en effet que des papiers, des boîtes, du linge et toutes sortes de babioles. Puis il jeta sa bourse sur la table :

– Tu peux vérifier par toi-même, Willi, et si tu trouves plus de cent florins, alors... tu peux m'insulter tant que tu voudras.

Il s'effondra soudain sur le siège de son bureau, et laissa lourdement tomber ses bras sur le plateau du meuble, faisant voler quelques paperasses sur le plancher.

Willi s'empressa de les ramasser, puis il laissa son regard errer à travers la pièce comme s'il devait absolument déceler ici ou là des modifications, quelles qu'elles fussent, qui lui eussent expliqué l'incompréhensible changement de situation de son oncle. Mais tout était resté à la même place qu'auparavant. Il se demanda si les affaires de son oncle étaient aussi mal en point qu'il le disait. Ce vieil homme étrange, qui l'avait abandonné d'une manière si inattendue et si soudaine deux ans plus tôt, n'était-il pas capable d'inventer un mensonge qu'il tâchait de rendre vraisemblable par un numéro d'acteur, afin de s'épargner de nouvelles pressions et sollicitations de la part de son neveu ? Comment ? On vivait dans un appartement bien tenu du centre-ville, avec une gouvernante ; de belles reliures de cuir garnissaient les étagères, comme autrefois, les tableaux aux cadres dorés étaient encore tous aux murs, et le propriétaire de tout ceci aurait été réduit à l'état de mendiant du jour au lendemain ? Où aurait donc disparu sa fortune au cours de ces deux ou trois dernières années ? Willi ne parvenait pas à croire son oncle. Il n'avait pas la moindre raison de le faire, et encore moins de s'avouer vaincu, dans la mesure où il n'avait de toute façon plus rien à perdre. Il décida de faire une ultime tentative, qui ne s'avéra pas aussi hardie qu'il l'avait imaginée, car à sa grande honte, il se surprit à joindre les mains pour implorer l'oncle Robert :

– Ma vie est en jeu, mon oncle, crois-moi, ma vie est en jeu ! Je t'en prie, je...

Sa voix s'étrangla. Obéissant à une inspiration subite, il saisit la photographie de sa mère et la brandit sous les yeux de son oncle, comme pour le supplier. Mais celui-ci plissa légèrement le front, reprit le portrait d'un geste calme et le remit à sa place avec la même douceur, puis il dit à voix basse, sans paraître aucunement offensé :

– Ta mère n'a rien à voir dans cette histoire. Elle ne peut pas t'apporter son secours, pas plus que moi. Si je ne voulais pas t'aider, Willi, je ne chercherais pas d'excuse. Je n'ai aucune obligation envers toi, surtout dans le cas présent. Et d'après moi, on peut très bien être un homme tout à fait respectable dans le civil, et le rester. Ce n'est pas ainsi qu'on perd son honneur, mais ce n'est pas aujourd'hui que je pourrai te faire comprendre ça. Je te le redis encore une fois : si j'avais cet argent, sois assuré que je te le donnerais. Mais je ne l'ai pas. Je n'ai rien. J'ai perdu ma fortune. Il ne me reste plus qu'une rente viagère. Oui, tous les premier et quinze du mois, je perçois une certaine somme, et aujourd'hui – il désigna sa bourse avec un triste sourire – aujourd'hui, nous sommes le vingt-sept.

Une lueur d'espoir s'alluma tout à coup dans les yeux de Willi, mais il ajouta immédiatement :

– Tu penses que je pourrais demander une avance sur ma rente. Mon cher Willi, tu ignores de qui je la reçois et sous quelles conditions.

– Peut-être, mon oncle, peut-être serait-il tout de même possible, peut-être pourrions-nous ensemble...

Mais Robert Wilram l'interrompit avec virulence :

– Rien n'est possible, absolument rien.

Soudain envahi par un sombre désespoir, il répéta :

– Je ne peux pas t'aider, crois-moi, je ne le peux pas.

Et il se détourna de son neveu.

– Eh bien, répondit Willi après un court instant de réflexion, il ne me reste plus alors qu'à te demander pardon de t'avoir... Adieu, mon oncle.

Il était déjà devant la porte lorsque la voix de Robert Wilram suspendit son mouvement.

– Willi, viens ici, je ne veux pas que tu me... Je peux te le dire après tout. En un mot, j'ai légué toute ma fortune, qui n'était d'ailleurs plus si importante... j'ai légué ma fortune à ma femme.

– Tu es marié ! s'écria Willi stupéfait, et un nouvel espoir scintillait au fond de ses yeux. Donc, si ta femme est en possession de ton argent, alors on peut certainement trouver un moyen, je veux dire, si tu racontes à ton épouse qu'il s'agit de...

Robert Wilram lui coupa la parole d'un geste de la main.

– Je ne lui dirai rien du tout. N'insiste pas, tout effort serait vain.

Puis il se tut. Willi, cependant, n'était pas prêt à abandonner si vite la dernière chance qui venait de s'offrir à lui, et il tenta à nouveau de poursuivre sur cette voie :

– Ta femme n'habite probablement pas à Vienne ?

– Oh, si, elle habite à Vienne, mais pas avec moi, comme tu peux le constater.

Il arpenta la pièce de long en large pendant un moment, puis il dit, éclatant d'un rire amer :

– Oui, j'ai perdu plus qu'un képi, et pourtant je vis encore ! Oui, Willi...

Il s'interrompit brusquement et recommença depuis le début.

– Cela fait un an et demi que je lui ai légué mes biens, de mon propre chef. Et si je l'ai fait, c'est à vrai dire davantage pour moi que pour elle... Je ne me soucie pas vraiment de la valeur de l'argent, tandis qu'elle est très économe, c'est une qualité qu'on doit lui reconnaître. Elle est aussi extrêmement douée en affaires et a tout placé, bien plus intelligemment que je ne l'aurais jamais fait. Elle a investi dans je ne sais trop quelles entreprises, je ne suis pas tenu au courant du détail des transactions, et je n'y entends rien de toute manière. La rente qui m'est versée correspond à douze et demi pour cent de tout cet argent, ce qui n'est pas une petite somme, je n'ai pas à me plaindre... Douze et demi pour cent. Mais pas un kreutzer de plus. Toutes les tentatives entreprises au début pour obtenir un acompte de temps en temps se sont soldées par des échecs. Après le deuxième essai, j'ai d'ailleurs jugé plus sage de ne pas persévérer, car je n'ai pu la voir pendant six semaines, et elle m'a fait le serment de disparaître définitivement si jamais je revenais lui présenter des demandes de cette nature. Et ça... je n'ai pas voulu prendre ce risque. En vérité, j'ai besoin d'elle, Willi, je ne peux vivre sans elle. Je la vois tous les huit jours, elle vient chez moi une fois tous les huit jours. Elle respecte notre pacte. Elle est d'ailleurs l'être le plus ordonné du monde, elle n'a encore jamais manqué un seul de nos rendez-vous, et j'ai toujours ponctuellement reçu mon argent, les premier et quinze du mois. Chaque été, nous partons ensemble quinze jours à la campagne. C'est une autre des clauses de notre contrat. Le reste de son temps lui appartient.

– Et toi-même, mon oncle, tu ne lui rends jamais visite ? demanda Willi, quelque peu embarrassé.

– Bien entendu, Willi. Le jour de Noël, le dimanche de Pâques et le lundi de Pentecôte. Ce sera le huit juin cette année.

– Pardonne-moi, cher oncle, mais s'il te prenait l'envie d'aller la voir un autre jour... Tu es son mari, après tout, et qui sait si elle ne serait pas flattée si tu...

– Je ne m'y risquerais pas, l'interrompit Robert Wilram. Un soir, autant te le dire, puisque j'ai commencé à tout te raconter, un soir, donc, j'ai marché dans sa rue en long et en large, à proximité de sa maison, pendant deux heures...

– Et alors ?

– Elle ne s'est pas montrée. Mais le lendemain j'ai reçu une lettre dans laquelle elle me disait très clairement que je ne la reverrais plus de toute mon existence s'il me reprenait l'envie de me promener autour de sa maison. Eh oui, voilà ce qu'il en est. Je sais que si ma propre vie en dépendait, elle préférerait me laisser mourir plutôt que de me donner ne serait-ce qu'un dixième de la somme que tu réclames. Tu as plus de chances de fléchir ton consul que moi je n'en ai d'adoucir le cœur de ma femme.

– Et... a-t-elle toujours été ainsi ? demanda Willi.

– Peu importe, rétorqua Robert Wilram avec impatience. Même si j'avais pu le prévoir, cela ne m'aurait servi à rien. Je lui suis entièrement soumis depuis le premier instant, du moins depuis notre première nuit, qui fut notre lune de miel.

– Naturellement, commenta Willi comme pour lui-même.

Robert Wilram éclata de rire.

– Ah, tu penses peut-être qu'il s'agit d'une jeune dame honorable issue d'une bonne famille bourgeoise ? Loin de là, mon cher Willi, c'était une prostituée. Et qui sait si elle ne l'est pas restée, pour d'autres, du moins.

Willi se sentit obligé d'exprimer ses doutes par un geste. Il était d'ailleurs parfaitement sincère ; après le récit que lui avait fait son oncle, il lui était impossible de s'imaginer son épouse sous les traits d'une créature jeune et belle. Il se l'était représentée dès le début comme une personne âgée, sèche, affublée d'un nez pointu, vêtue sans goût, et l'idée lui traversa l'esprit que son oncle, souffrant de la situation dégradante dans laquelle elle le maintenait, pouvait manifester son indignation en la dénigrant sciemment. Mais Robert Wilram ne lui permit pas de prononcer un mot, et poursuivit :

– En vérité, le terme de prostituée est peut-être un peu fort. Elle était fleuriste avant que je la connaisse. Je l'ai vue pour la première fois chez Hornig il y a quatre ou cinq ans. Toi aussi d'ailleurs. Oui, peut-être même te souviens-tu d'elle.

Face au regard interrogateur de Willi, il continua :

– De nombreuses personnes étaient présentes ce soir-là. Il y avait une fête en l'honneur de Kriebaum, le chanteur populaire. Elle portait une robe d'un rouge criard, elle avait des cheveux blonds frisés et un ruban autour du cou.

Il ajouta avec une joie malsaine :

– Elle avait une allure assez vulgaire. L'année suivante, chez Ronacher, sa tenue s'était déjà nettement améliorée, elle choisissait ses amants avec plus de soin. Je n'ai malheureusement pas eu de chance avec elle. En d'autres termes, elle estimait que je n'étais pas assez riche pour mon âge. Puis il arriva ce qu'il arrive parfois quand un vieil imbécile se laisse tourner la tête par une fille de petite vertu. Voilà deux ans et demi, j'ai pris mademoiselle Leopoldine Lebus pour femme.

Ainsi donc elle s'appelait Lebus, se dit Willi. En effet, dès que son oncle avait mentionné la soirée chez Hornig, la robe rouge, les cheveux blonds et frisés, il lui était clairement apparu que la jeune femme dont parlait Wilram ne pouvait être que Leopoldine, même s'il avait oublié son nom depuis longtemps. Il s'était bien gardé de se trahir : si son oncle ne se faisait aucune illusion sur le passé de mademoiselle Leopoldine Lebus, il lui aurait sans doute été très pénible de savoir comment la soirée chez Hornig s'était terminée, c'est-à-dire d'apprendre que Willi, après avoir raccompagné son oncle chez lui, avait retrouvé la jeune Leopoldine en secret à trois heures du matin, pour ne la quitter qu'au petit jour. Il fit donc mine de ne se rappeler que vaguement de cette soirée et, tâchant de le réconforter un peu, il expliqua à son oncle que certaines de ces têtes blondes et frisées faisaient parfois d'honnêtes et fidèles épouses, tandis qu'il arrivait à des jeunes filles de bonne famille à la réputation irréprochable de réserver de bien cruelles déceptions à leur mari plus âgé. Pour illustrer ses propos, il raconta l'histoire d'une baronne qu'un camarade avait épousée, une jeune dame issue d'une des plus hautes familles aristocratiques, qu'un ami du mari avait surpris dans un salon où l'on proposait des femmes du monde à prix fixe. Le camarade célibataire s'était senti obligé d'avertir l'époux trompé. Le résultat : un jury d'honneur, un duel, le mari grièvement blessé et l'épouse suicidée. L'oncle avait certainement dû lire des articles à ce sujet dans les journaux ; le fait divers avait fait grand bruit. Willi parlait avec passion, comme si cette affaire l'intéressait soudain plus que la sienne, et Robert Wilram finit par lever les yeux vers lui avec surprise. Willi recouvra ses esprits et, bien que son oncle fût à des lieues de deviner le plan qu'il avait formé, il lui parut plus raisonnable de tempérer ses émotions et de laisser là ce sujet, en fin de compte déplacé. Il déclara brusquement qu'après les explications que lui avaient données son oncle, il allait de soi qu'il ne pouvait insister davantage, allant même jusqu'à reconnaître qu'une tentative auprès du consul Schnabel aurait plus de chance d'aboutir qu'auprès de l'ex-demoiselle Leopoldine Lebus. Il ne serait pas non plus inconcevable que le lieutenant Höchster, qui venait de toucher un petit héritage, et peut-être aussi un médecin-major qui avait pris part au jeu de cartes la veille puissent tous deux être prêts à le tirer de cette épouvantable situation. Oui, il devait à tout prix s'en aller trouver Höchster, de service à la caserne ce matin-là.

Il brûlait de s'en aller. Il regarda sa montre, expliqua soudain qu'il était réellement très pressé, tendit la main à son oncle, boucla solidement son ceinturon et partit.

Chapitre XI

Il s'agissait à présent de découvrir l'adresse de Leopoldine, et Willi se mit immédiatement en route pour le Bureau d'État Civil. Qu'elle puisse rejeter sa demande une fois convaincue qu'il était question pour lui de vie ou de mort, cela lui parut impossible à cet instant. L'image de Leopoldine, à qui il n'avait pourtant plus pensé durant des années, lui revint en mémoire, et il parvint à se la représenter dans les moindres détails. Il revit ses boucles blondes étalées sur l'oreiller dont on devinait le tissu rouge à travers une taie de lin blanc usé ; il revit son visage d'enfant, pâle et attendrissant, éclairé par les rayons du jour naissant qui filtraient à travers les vieilles jalousies de bois vert. Il se rappela également la mince bague dorée ornée d'une pierre fine, à l'annulaire de sa main droite, posée sur la couverture rouge, et le délicat bracelet argenté au poignet de sa main gauche, qui surgit hors du lit pour lui faire un signe lorsqu'il la quitta. Elle lui avait plu, et il avait l'intention de la revoir au moment où il ferma la porte. Malheureusement il se trouvait qu'il fréquentait à l'époque une autre femme, qui avait d'anciens droits sur lui et qui, maîtresse d'un banquier, ne lui demandait pas un kreutzer. Ce n'était pas un détail à négliger compte tenu de ses maigres revenus, et il ne se montra plus chez Hornig, pas plus qu'il ne se servit de l'adresse de la sœur mariée de Leopoldine, chez qui elle habitait et où il aurait pu lui écrire. Il ne la revit plus après cette nuit-là. Mais quel que fût le cours qu'ait pu prendre sa vie, il était impossible qu'elle eût changé au point de laisser se produire sans sourciller... ce qui devait inévitablement se produire, si elle rejetait une demande qu'elle pouvait aisément satisfaire.

Il dut attendre une heure dans le Bureau d'État Civil avant d'avoir entre les mains le document sur lequel était inscrite l'adresse de Leopoldine. Après quoi il se fit conduire à bord d'une voiture à la capote relevée jusqu'au coin de la rue où vivait la jeune femme, et continua à pied.

La maison était de construction plutôt récente. Elle comptait quatre étages, ne paraissait pas particulièrement accueillante et faisait face à une scierie entourée de palissades. Au deuxième étage, une servante élégamment vêtue lui ouvrit la porte. Lorsqu'il demanda s'il lui était possible d'avoir un entretien avec madame Wilram, elle le regarda d'un air hésitant. Il lui tendit sa carte : Wilhelm Kasda, Lieutenant au 98e régiment d'Infanterie royale et impériale, Caserne de l'Als. La servante revint très vite en répondant que madame était fort occupée et qu'elle souhaitait savoir ce que le lieutenant désirait. À cet instant seulement, il lui vint à l'esprit que Leopoldine ne connaissait probablement pas son nom de famille. Il hésitait à se faire annoncer simplement comme un vieil ami, ou bien, pour plaisanter, comme un cousin de monsieur von Hornig, lorsque la porte s'ouvrit sur un vieil homme pauvrement habillé et muni d'un porte-document noir qui se dirigea vers la sortie. Une voix féminine s'éleva : « Monsieur Krassny ! », mais comme l'intéressé, qui avait déjà gagné la cage d'escalier, ne paraissait pas entendre, la jeune femme entra elle-même dans l'antichambre pour le rappeler. Leopoldine aperçut immédiatement le lieutenant et, à en juger par son regard et son sourire, elle le reconnut aussitôt. Elle n'avait plus rien de commun avec le souvenir qu'il avait gardé d'elle. Elle paraissait plus riche, plus imposante et même plus grande ; elle avait une coiffure simple, presque stricte, mais le plus surprenant était ce lorgnon qui trônait sur son nez et dont elle avait fait passer le cordon derrière ses oreilles.

– Je vous en prie, lieutenant, dit-elle, et il remarqua à cet instant que ses traits n'avaient pas changé.

– Donnez-vous donc la peine d'entrer, je suis à vous tout de suite.

Elle désigna la porte par laquelle elle était arrivée, se retourna vers monsieur Krassny et lui glissa à l'oreille des instructions que Willi ne put entendre, malgré le ton insistant qu'elle employa. Le lieutenant pénétra dans une pièce spacieuse et bien éclairée, au milieu de laquelle se trouvait une longue table encombrée de livres de compte, d'un encrier, d'une règle et de crayons. Deux hautes armoires remplies de dossiers se dressaient sur les murs de gauche et de droite, tandis qu'une grande carte de l'Europe était déployée sur le mur du fond, au-dessus d'un guéridon chargé de journaux et de prospectus. Willi ne put s'empêcher de penser à une agence de voyage dans laquelle il avait eu un jour à faire, dans une petite ville de province. Mais l'image de la chambre d'hôtel minable, avec ses jalousies endommagées et sa taie d'oreiller usée jusqu'à la corde lui revint en mémoire, et il eut une impression étrange, comme s'il vivait un rêve.

Leopoldine entra et referma la porte derrière elle, jouant avec son lorgnon, qu'elle faisait tourner entre ses doigts. Elle tendit la main au lieutenant, d'une manière aimable mais sans laisser paraître d'émotion particulière. Il se pencha pour la lui baiser, mais elle la retira vivement.

– Prenez donc place, lieutenant. Que me vaut le plaisir ?

Elle lui indiqua un siège confortable, tandis qu'elle-même s'asseyait à ce qui devait être sa place habituelle, dans un fauteuil très simple, en face de lui, derrière la longue table encombrée de livres de comptes. Willi avait l'impression d'être chez un avocat ou un médecin.

– En quoi puis-je vous être utile ? demanda-t-elle sur un ton presque impatient qui n'était guère encourageant.

– Madame, commença Willi après s'être légèrement éclairci la voix, je dois avant tout vous avertir que ce n'est pas mon oncle qui m'a donné votre adresse.

– Votre oncle ? dit-elle, l'air surpris.

– Mon oncle Robert Wilram, précisa Willi.

– Ah, bien sûr, dit-elle en souriant, le regard perdu.

– Il ne sait évidemment rien de cette visite, s'empressa de poursuivre Willi, j'insiste bien sur ce point.

Et comme elle paraissait toujours surprise, il ajouta :

– Je ne l'avais pas vu depuis longtemps, mais je n'y étais pour rien. Ce n'est qu'aujourd'hui, au milieu de la conversation, qu'il m'a appris qu'il s'était remarié.

Leopoldine hocha la tête amicalement.

– Une cigarette, lieutenant ? lui proposa-t-elle en désignant une boîte ouverte.

Il se servit, lui offrit du feu et alluma également une cigarette.

– Bien, pourrais-je à présent enfin savoir à quelles circonstances je dois votre visite ?

– Madame, la raison de ma présence ici est la même que celle qui m'a conduit chez mon oncle. Il s'agit d'une affaire plutôt honteuse, je dois hélas en convenir.

Le regard de Leopoldine s'assombrit aussitôt, mais il poursuivit :

– Je n'ai pas l'intention d'abuser de votre temps, madame. Je n'irai pas par quatre chemins : je vous demande de m'avancer une certaine somme que je vous rembourserai d'ici... trois mois.

Étrangement, son regard s'éclaira à nouveau.

– Je suis très flattée de la confiance que vous me portez, lieutenant, dit-elle en faisant tomber la cendre de sa cigarette, bien que j'aie du mal à comprendre au juste ce qui me vaut cet honneur. Puis-je vous demander à toutes fins utiles de quel montant il s'agit ?

Elle tapotait doucement la table du bout de son lorgnon.

– Onze mille florins, madame.

Il regretta de ne pas avoir parlé plutôt de douze. Il voulut immédiatement rectifier, mais il jugea soudain que le consul se contenterait peut-être de dix. Il en resta donc aux onze annoncés.

– Eh bien, dit Leopoldine, onze mille florins, c'est effectivement ce qu'on peut appeler une "certaine somme".

Elle laissa aller et venir sa langue entre ses dents.

– Et quelle garantie me proposez-vous, lieutenant ?

– Je suis officier, madame.

Elle eut un sourire presque bienveillant.

– Pardonnez-moi, lieutenant, mais dans le monde des affaires, ce n'est pas une garantie suffisante. Qui se porterait caution pour vous ?

Willi se tut et baissa les yeux. Un refus catégorique l'aurait moins déconcerté que cette politesse glaciale.

– Je vous prie de m'excuser, madame, dit-il, j'avoue ne pas avoir encore suffisamment réfléchi à l'aspect formel de cette affaire. En effet, je me trouve dans une situation tout à fait désespérée. Il s'agit d'une dette sur parole qui doit être réglée d'ici demain matin, à huit heures. Sinon je perds l'honneur, et tout ce qui s'ensuit pour un soldat.

Croyant déceler une lueur de compassion dans le regard de la jeune femme, il lui fit le récit de la nuit passée, comme il l'avait fait une heure plus tôt chez son oncle, mais en termes plus choisis, et de façon plus émouvante. Elle l'écouta en manifestant toujours plus clairement sa sympathie, sa compassion. Lorsqu'il eut fini, elle lui demanda en lui jetant un coup d'œil plein de promesses :

– Et c'est moi, c'est moi, Willi, la seule personne sur Terre vers laquelle tu peux te tourner en pareille situation ?

Ces quelques mots, et en particulier ce tutoiement soudain, le réjouirent. Il se crut sauvé, une fois encore.

– Serais-je ici autrement ? rétorqua-t-il. Je n'ai absolument personne d'autre.

Elle secoua la tête, l'air attristé.

– Cela m'est d'autant plus pénible, répondit-elle en éteignant sa cigarette rougeoyante d'un geste lent, que je ne suis malheureusement pas en mesure de t'obliger. Ma fortune est investie dans différentes entreprises. Je ne dispose jamais de sommes importantes en liquide. Je regrette sincèrement.

Elle quitta son siège, comme si l'entrevue était terminée. Willi, pétrifié de terreur, resta assis. Hésitant, maladroit, presque bégayant, il lui demanda s'il n'était pas possible, compte tenu de l'état probablement très florissant de ses finances, de réaliser un emprunt dans un quelconque fonds de caisse ou d'avoir recours à n'importe quel type de crédit. Les lèvres de la jeune femme esquissèrent un sourire ironique, plein d'indulgence pour la naïveté du lieutenant en matière d'argent :

– Tu t'imagines ce genre de choses bien plus simples qu'elles ne le sont en réalité, et tu trouves tout naturel que je m'engage dans une transaction dans ton intérêt, alors que je ne l'ai jamais fait pour moi-même, et ne le ferais jamais. Et sans aucune garantie qui plus est ! Comment pourrais-je accepter une chose pareille ?

Ces dernières paroles furent à nouveau prononcées avec une telle gentillesse, un tel accent de coquetterie, qu'on eût pu la croire prête à céder. Elle semblait attendre que Willi l'implore, la supplie. Il crut avoir trouvé les mots qui convenaient et lui dit :

– Madame, Leopoldine, mon existence, ma vie est en jeu.

Elle eut un léger tressaillement. Il eut l'impression d'être allé trop loin et ajouta à voix basse :

– Je vous prie de m'excuser.

Son regard devint impénétrable, et elle dit sèchement, après un silence :

– Je ne peux prendre aucune décision sans avoir consulté mon avocat au préalable.

Les yeux du lieutenant s'illuminèrent, mais elle eut un geste négatif de la main :

– Je dois d'ailleurs m'entretenir avec lui aujourd'hui, à cinq heures, dans son cabinet. Je verrai alors ce que je peux faire, mais je te conseille dans tous les cas de ne pas trop t'y fier, loin de là, car ce n'est naturellement pas pour moi une condition *sine qua non*.

Elle ajouta avec une brusque fermeté :

– Je ne vois vraiment pas pourquoi je le ferais.

Puis elle se remit à sourire et lui tendit la main. Cette fois, elle lui permit d'y déposer un baiser.

– Quand pourrai-je revenir chercher une réponse ?

Elle parut prendre un temps de réflexion :

– Où habites-tu ?

– À la caserne de l'Als, répondit-il en hâte, aile des officiers, troisième étage, chambre quatre.

Elle souriait un peu. Puis elle dit doucement :

– Vers sept heures, sept heures et demie, je saurai si je suis en mesure ou non...

Elle réfléchit encore un instant et conclut d'un ton décidé :

– Je te ferai parvenir ma réponse entre sept et huit heures par une personne de confiance.

Elle lui ouvrit la porte et l'accompagna dans l'antichambre.

– Adieu, lieutenant.

– Au revoir, répondit-il, saisi par ces derniers mots.

Le regard de la jeune femme était froid et distant. Lorsque la servante lui ouvrit la porte, madame Leopoldine Wilram avait déjà disparu dans son bureau.

Chapitre XII

Pendant le court moment que Willi avait passé chez Leopoldine, il était passé par tant d'émotions différentes – le découragement, l'espoir, la confiance et une nouvelle déception – qu'il descendit les marches comme abasourdi. Ce ne fut qu'à l'air libre qu'il recouvra quelque peu ses esprits, et il s'aperçut alors que son affaire n'était pas si mal engagée. Que Leopoldine soit en mesure de se procurer l'argent dont il avait besoin, cela ne faisait aucun doute. Qu'il soit en son pouvoir d'influencer son avocat selon ses désirs, toute sa personne le prouvait suffisamment. Enfin elle nourrissait encore dans son cœur quelque sentiment à son égard, Willi en était intimement persuadé, à tel point qu'il se voyait déjà, quelques années plus tard, l'époux de la veuve Leopoldine Wilram, devenue madame la commandante Kasda.

Pourtant cette vision s'estompa bientôt, tandis qu'il traversait des ruelles peu fréquentées en direction du Ring, songeur, dans la chaleur moite de cet après-midi d'été. Il se rappela le bureau glacial dans lequel elle l'avait reçu, et son image, qui avait un instant revêtu une grâce féminine, reprit l'expression dure, presque sévère, qui l'avait intimidé à certains moments. Quoi qu'il en fût, plusieurs heures d'incertitude l'attendaient, et il lui fallait trouver un moyen de les occuper. Il lui vint l'idée de passer ce qu'on appelle une bonne journée, surtout s'il devait s'agir de la dernière. Il décida de prendre son déjeuner dans un grand hôtel que son oncle et lui fréquentaient de temps en temps autrefois. Il s'installa dans un coin à l'abri du soleil où il se fit servir un repas délicieux, arrosé d'une bouteille de vin hongrois demi-sec, et il atteignit peu à peu un état de bien-être auquel il s'abandonna sans la moindre résistance. Il resta assis un moment dans l'angle d'un divan de velours, à fumer un cigare, somnolant, et lorsque le serveur lui proposa d'authentiques cigarettes égyptiennes, il en acheta immédiatement un plein paquet. Cela n'avait plus d'importance à présent. Dans le pire des cas, il les lèguerait à son ordonnance.

Lorsque ses pieds foulèrent à nouveau le pavé, il eut l'impression d'être lancé dans une aventure certes périlleuse, mais tout à fait passionnante – comme un duel, par exemple. Il se souvint d'une soirée qui remontait à deux ans, une nuit presque blanche passée auprès d'un camarade qui devait manier le pistolet le lendemain matin. Ils avaient dîné en compagnie de plusieurs jeunes femmes, puis ils avaient veillé tous deux, discutant de sujets plus ou moins philosophiques. Oui, cet homme avait dû ressentir la même chose que lui à l'époque, et Willi vit un heureux présage dans le fait que ce camarade s'en était bien tiré.

Il flânait le long du Ring, et le spectacle offert par ce jeune officier qui, sans être d'une élégance excessive, avait la taille haute et fine, était d'une beauté agréable, ne semblait pas déplaire aux jeunes femmes de tous milieux qu'il croisait, à en juger par les œillades qu'on lui adressait. Il but un moka à la terrasse d'un café, fuma quelques cigarettes, feuilleta les journaux illustrés, observa les passants sans vraiment les voir et reprit peu à peu conscience de la situation, à regret mais résigné. Il était cinq heures. L'après-midi s'écoulait, à un rythme lent mais inexorable. Il était plus sage désormais de retourner chez lui pour tenter de s'y reposer quelque temps. Il prit l'omnibus, descendit devant la caserne et réussit à regagner ses quartiers sans faire de rencontres importunes. Joseph était occupé dans l'antichambre, où il mettait en ordre la garde-robe du lieutenant. Il rapporta que rien de notable ne s'était produit, sinon que monsieur von Bogner était passé dans la matinée et avait laissé sa carte.

– À quoi pourrait bien me servir sa carte ? dit Willi, de méchante humeur.

La carte était posée sur la table, Bogner y avait écrit son adresse personnelle : 20, rue des Piaristes. *C'est à deux pas,* pensa Willi. *Que m'importe où il habite, ce fou.* Il lui courait après comme un créancier, l'encombrant personnage. Il s'en fallut de peu que Willi ne déchirât la carte, puis il réfléchit et la jeta négligemment sur la commode avant de se tourner à nouveau vers son ordonnance : ce soir, entre sept et huit heures, quelqu'un demanderait à le voir, lui, le lieutenant Kasda, un homme, peut-être accompagné d'une femme, ou peut-être une femme seule.

– Compris ?

– Oui, mon lieutenant.

Willi ferma la porte derrière lui et s'étendit sur le divan trop court, les jambes sur l'accoudoir, les pieds dans le vide. Il sombra dans le sommeil comme dans un abîme.

CHAPITRE XIII

La pénombre envahissait la chambre lorsqu'il fut réveillé par un bruit indéterminé. Il ouvrit les yeux et vit se dresser devant lui une jeune femme vêtue d'une robe estivale à pois bleus et blancs. Il se releva, les paupières encore lourdes, et croisa le regard anxieux, presque coupable, de son ordonnance qui se tenait derrière elle. Il perçut enfin la voix de Leopoldine.

– Pardonnez-moi, lieutenant, d'avoir empêché votre... monsieur votre ordonnance de m'annoncer, mais j'ai préféré attendre que vous vous réveilliez vous-même.

Depuis combien de temps peut-elle bien être ici, se demanda Willi, *et quelle est donc cette voix ? Et ses vêtements ? Et ses cheveux ? Ce n'est plus du tout la même femme que ce matin. Elle a certainement apporté l'argent*. Il fit signe à son ordonnance de se retirer, et il disparut aussitôt. Puis il se tourna vers Leopoldine et dit :

– Ainsi donc, chère madame, vous vous êtes donné la peine de venir en personne ? J'en suis très heureux. Je vous en prie, madame.

Il l'invita à prendre un siège. Elle promena un regard clair, presque joyeux à travers la pièce, et parut tout à fait satisfaite de la chambre. Elle tenait dans la main une ombrelle aux rayures bleues et blanches qui s'accordait à merveille à sa robe. Son chapeau de paille d'Italie, orné de cerises factices, n'était pas de la dernière mode.

– C'est adorable chez vous, lieutenant, dit-elle, et les cerises se balançaient de gauche à droite sous son oreille. J'étais loin d'imaginer qu'une chambre dans une caserne puisse être aussi agréable.

– Elles ne sont pas toutes comme celle-ci, précisa Willi avec une certaine fierté.

Elle développa sa remarque en souriant :

– Elles doivent probablement changer selon les locataires.

Willi, gêné mais débordant de joie, remit en place une pile de livres sur la table, ferma la porte de la petite armoire qui avait été laissée entrouverte et proposa soudain à Leopoldine une cigarette tirée du paquet acheté à l'hôtel. Elle refusa, mais se laissa tomber dans un coin du divan avec délice. *Elle est ravissante,* pensa Willi. *Elle ressemble à une de ces dames de la grande bourgeoisie.* Elle n'avait plus rien de commun avec la femme d'affaires du matin, ni avec la jeune fille à l'abondante chevelure bouclée. Où pouvait-elle bien avoir mis les onze mille florins ? Semblant deviner ses pensées, elle l'examina en souriant, l'air presque malicieux, et lui demanda tout à coup sur un ton anodin :

– Parlez-moi de votre vie, lieutenant !

Mais comme Willi hésitait à répondre, elle le questionna sur la difficulté de son service, sur ses chances d'avancement, elle lui demanda s'il entretenait de bonnes relations avec son supérieur, s'il se promenait souvent dans les environs comme le dimanche précédent. Willi répondit qu'en ce qui concernait le service, il connaissait des hauts et des bas, qu'au sujet de son supérieur, il n'avait en général pas à se plaindre, en particulier avec le lieutenant-colonel Wositzky qui avait beaucoup d'affection pour lui, qu'il ne devait pas s'attendre à de l'avancement avant trois ans, qu'il avait peu de temps à consacrer aux excursions, comme madame devait s'en douter, à part le dimanche, et à ces mots, il laissa échapper un léger soupir. Leopoldine leva vers lui un regard bienveillant – il était encore debout face à elle, de l'autre côté de la table – et fit part de son espoir qu'il sût occuper ses soirées plus sainement qu'autour d'une table de jeu. À cet instant, elle aurait pu lancer avec désinvolture :

– Et d'ailleurs, lieutenant, avant que j'oublie, voici la bagatelle que vous m'avez demandée ce matin.

Mais pas un mot, pas un geste qui pût le laisser penser. Elle se contentait de le regarder en souriant, l'air aimable, et il ne lui restait plus qu'à entretenir la conversation, tant bien que mal. Il lui parla donc de la sympathique famille Kessner et de la belle villa qu'ils habitaient, de ce stupide comédien d'Elrief, de mademoiselle Rihoschek et de son maquillage, et de son voyage en fiacre jusqu'à Vienne.

– En charmante compagnie, j'espère ? supposa-t-elle.

– Pas le moins du monde. Je suis retourné chez moi avec l'un de mes partenaires de jeu.

Puis elle voulut savoir par plaisanterie si les cheveux de mademoiselle Kessner étaient blonds, bruns ou châtains. Il répondit qu'il n'en savait rien. Au son de sa voix, il fit en sorte de bien faire comprendre qu'il n'avait connu dans sa vie aucune affaire de cœur d'une quelconque importance.

– Je crois, madame, que vous vous faites une fausse idée de moi.

Elle l'observa avec compassion, les lèvres entrouvertes. Il poursuivit :

– Si l'on ne vivait pas dans une telle solitude, des événements aussi tragiques ne pourraient pas se produire.

Elle lui adressa un regard candide, interrogateur, feignant de ne pas comprendre, puis elle approuva de la tête avec fermeté, mais là encore, elle ne saisit pas l'occasion. Au lieu de parler de l'argent qu'elle avait nécessairement apporté, ou bien de poser les billets sur la table, tout simplement, en économisant son souffle, elle remarqua :

– Si une personne seule en rejoint une autre, cela fait deux personnes.

– Très juste, dit-il.

Et comme elle ne cessait de hocher la tête, qu'il était toujours pris de peur lorsque la conversation languissait, il choisit de lui demander ce qu'elle était devenue, si elle avait eu de bons moments. Il se garda de mentionner le vieil homme qu'elle avait épousé et qui se trouvait être son oncle, tout comme il évita d'évoquer la soirée chez Hornig, une certaine chambre d'hôtel aux jalousies en piètre état, ou encore les coussins rouges aux taies élimées. C'était une conversation entre un lieutenant qui manquait un peu d'aisance et une jeune femme de la haute société ; tous deux connaissaient l'un sur l'autre bien des secrets, des choses embarrassantes, mais ils avaient également de bonnes raisons de ne pas aborder ces sujets, ne fût-ce que par peur de voir s'évanouir l'ambiance pleine de charme qui s'était installée. Leopoldine avait retiré son chapeau de paille d'Italie et l'avait déposé devant elle, sur la table. Elle était coiffée de la même façon qu'au matin, mais quelques mèches s'étaient défaites et venaient jouer sur ses tempes, sans que rien d'autre vienne rappeler l'ancienne jeune fille à l'abondante chevelure bouclée.

Il faisait de plus en plus sombre dans la chambre. Willi se demanda s'il ne devait pas allumer la lampe dans la niche du poêle de faïence blanche. À cet instant, Leopoldine se saisit à nouveau de son chapeau. Ce geste parut d'abord insignifiant, car elle était plongée dans le récit d'une excursion entreprise l'année précédente à travers Mödling, Lilienfeld et Heiligenkreuz jusqu'à Baden, mais elle s'en coiffa soudain, le maintint en place grâce à quelques épingles, et fit savoir en souriant poliment qu'il était temps pour elle de prendre congé. Willi souriait lui aussi, mais c'était un sourire inquiet, presque effrayé qui glissait sur ses lèvres. Était-elle en train de se moquer de lui ? Ou voulait-elle simplement se repaître de son malaise, de son angoisse, pour lui annoncer au dernier moment qu'elle avait apporté l'argent ? Peut-être n'était-elle venue que pour s'excuser de n'avoir pu se procurer la somme, sans savoir comment le lui dire ? Peu importait, elle comptait bel et bien s'en aller, cela ne faisait aucun doute. Il ne lui restait plus, dans sa détresse, qu'à sauver les apparences, à se comporter en galant homme, comme s'il n'avait eu d'autre idée que de prolonger l'aimable visite d'une belle jeune femme, et ne pouvait admettre de la laisser partir aussi vite, au milieu d'une discussion passionnante.

– Pourquoi voulez-vous donc déjà me quitter ? demanda-t-il avec l'intonation d'un amant déçu.

Puis il se fit plus insistant :

– Vous ne pensez pas sérieusement vous en aller maintenant, Leopoldine ?

– Il est tard, répondit-elle, avant d'ajouter sur un ton malicieux : tu as certainement bien mieux à faire par cette belle soirée d'été ?

Il eut un soupir de soulagement lorsqu'il l'entendit tout à coup le tutoyer à nouveau, et il lui fut difficile de cacher l'espoir qui naissait en lui. Non, il n'avait rien prévu, lui dit-il, et il avait rarement eu l'occasion d'affirmer quelque chose avec autant de sincérité. Elle minauda un peu, garda son chapeau sur la tête dans un premier temps, marcha jusqu'à la fenêtre ouverte et contempla la cour de la caserne, qui semblait soudain éveiller son intérêt. En vérité, il n'y avait pas grand chose à y voir. Au fond, près de la cantine, des soldats étaient assis autour d'une longue table ; l'ordonnance d'un officier traversait rapidement la cour en diagonale, un paquet ficelé sous le bras ; un autre poussait en direction de la cantine un chariot sur lequel était posé un tonneau de bière ; deux officiers discutaient en se promenant vers la porte cochère. Willi était debout à côté de Leopoldine, un peu en retrait. Sa robe à pois bleus et blancs bruissait légèrement. Son bras gauche était parfaitement immobile, le long de son corps, et sa main ne bougea pas lorsqu'il fit le geste de l'effleurer. Puis, peu à peu, ses doigts fins finirent par glisser entre les siens. D'une chambrée dont la fenêtre était grande ouverte, en face de la sienne, on pouvait entendre quelqu'un s'exercer à la trompette, sur un air mélancolique. Puis le silence s'installa.

– C'est un peu triste, finit par dire Leopoldine.

– Tu trouves ?

Et comme elle acquiesçait, il ajouta :

– Ça ne devrait pas être triste.

Elle tourna lentement la tête vers lui. Il avait espéré voir se dessiner un sourire sur ses lèvres, mais son visage était empreint de douceur et de nostalgie. Soudain elle s'étira et dit :

– Vraiment, il est temps que je m'en aille, à présent. Marie aura déjà préparé le dîner.

– N'avez-vous donc jamais fait attendre Marie, très chère ?

La voyant répondre à sa question par un sourire, il s'enhardit et lui demanda si elle voulait bien lui faire la joie d'accepter de dîner en sa compagnie. Il enverrait l'ordonnance chercher ce qu'il fallait au restaurant du *Riedhof*, et elle pourrait sans peine être rentrée chez elle avant dix heures. Ses objections parurent si dérisoires que Willi gagna l'antichambre sans tarder, s'empressa de donner les instructions nécessaires à son ordonnance et revint auprès de Leopoldine qui, toujours debout face à la fenêtre, fit voler son chapeau de paille d'un mouvement allègre par-dessus la table, jusque sur le lit. À partir de cet instant, elle changea du tout au tout. Elle caressa en riant les cheveux lisses de Willi, puis il la prit par la taille et la fit asseoir à ses côtés sur le divan. Cependant elle se déroba brusquement lorsqu'il voulut l'embrasser, mais il n'insista pas davantage et l'interrogea à son tour sur la façon dont elle occupait ses soirées. Elle le regarda dans les yeux avec gravité :

– Je travaille tellement, toute la journée, dit-elle, que je suis heureuse de pouvoir goûter un peu de calme le soir, et de ne plus voir personne.

Il lui avoua qu'il ne parvenait pas à se représenter clairement en quoi consistaient ses affaires, et qu'il ne s'expliquait pas comment elle avait pu choisir ce mode de vie. Elle ne souhaitait pas en parler ; il n'y comprendrait rien de toute façon. Il ne céda pas : elle devait au moins lui raconter quelque chose de sa vie, pas tout, bien entendu, il ne pouvait l'exiger d'elle, mais il aurait bien aimé savoir à peu près ce qu'elle avait pu faire depuis la dernière fois qu'ils s'étaient vus. D'autres mots se pressaient sur ses lèvres, notamment le nom de son oncle, mais quelque chose le retenait de le prononcer. Et il lui demanda simplement, sans transition, presque hâtivement, si elle était heureuse.

Elle regarda droit devant elle.

– Je le crois, répondit-elle à voix basse. Je suis libre, avant tout, ce qui a toujours été mon vœu le plus cher. Je ne dépends de personne, et notamment... pas d'un homme.

– Dieu merci, c'est la seule chose en toi qui soit masculine, dit Willi.

Il s'approcha d'elle, eut des gestes tendres. Elle ne fit rien pour s'y dérober, gardant un air distrait. Lorsqu'on entendit s'ouvrir la porte de l'antichambre, elle se dégagea aussitôt, se leva, sortit la lampe de la niche du poêle et l'alluma. Joseph entra avec le dîner. Leopoldine examina ce qu'il avait apporté, avec un signe de tête approbateur.

– Vous devez avoir quelque expérience, lieutenant, remarqua-t-elle en souriant. Puis elle aida Joseph à dresser la table, interdisant à Willi de s'en approcher. Il resta assis sur le divan, « comme un pacha », observa-t-il, et fuma une cigarette. Lorsque tout fut en ordre et que les hors-d'œuvre se trouvèrent sur la table, Joseph avait fini sa journée. Avant son départ, Leopoldine lui glissa dans les mains un pourboire si généreux qu'il en fut tout décontenancé et salua la jeune femme avec plus de solennité que s'il se fût agi d'un général.

– Santé ! s'écria Willi, et il trinqua avec Leopoldine. Tous deux vidèrent leur verre, elle reposa le sien sur la table dans un tintement et avec ardeur embrassa Willi sur les lèvres. Lorsqu'il se fit plus entreprenant, elle le repoussa et déclara :

– Soupons d'abord.

Elle changea les assiettes, puis mangea de bon appétit, comme mangent les personnes bien portantes qui, après avoir travaillé toute la journée, savent apprécier la saveur d'un repas. Elle mangea de toutes ses dents blanches et saines, en conservant l'élégance et les bonnes manières d'une femme habituée à être invitée dans les meilleurs restaurants par des messieurs délicats. La bouteille de vin fut bientôt vidée, mais le lieutenant se souvint à point nommé qu'il lui restait une demi-bouteille de cognac français dans son armoire, depuis des circonstances qu'il avait complètement oubliées. Au bout du deuxième verre, Leopoldine parut gagnée par une légère somnolence. Elle se renversa dans un coin du divan et, lorsque Willi se pencha sur son front et embrassa ses yeux, ses lèvres, son cou, elle susurra son nom comme dans un rêve, offerte.

Chapitre XIV

Lorsque Willi se réveilla, le jour pointait et l'air froid du matin s'engouffrait par la fenêtre. Leopoldine, en revanche, était debout au milieu de la chambre, habillée de pied en cap, le chapeau de paille d'Italie ajusté sur ses cheveux, l'ombrelle à la main. *Grands dieux, j'ai dû dormir à poings fermés*, fut la première pensée de Willi, et la seconde : *où est l'argent ?* Elle se tenait là, avec son chapeau, son ombrelle, apparemment prête à quitter la pièce à l'instant. Elle le salua d'un signe de tête. Il lui répondit en tendant les bras vers elle, comme l'aurait fait un amant plein de désir. Elle s'approcha de lui et s'assit sur le lit, l'air aimable, mais conservant son sérieux. Lorsqu'il voulut l'enlacer, l'attirer vers elle, elle désigna son chapeau, son ombrelle qu'elle tenait en main comme une arme, et secoua la tête : « Plus de bêtises, maintenant. » Elle tenta de se relever, mais il la retint près de lui.

– Tu ne vas tout de même pas t'en aller ? demanda-t-il d'une voix étranglée.

– Bien sûr que si, dit-elle en lui caressant les cheveux avec la tendresse d'une sœur. J'aimerais me reposer convenablement pendant quelques heures. J'ai une consultation importante à neuf heures.

Il lui vint à l'esprit qu'il s'agissait peut-être d'une consultation (quel drôle de mot !) organisée pour régler son affaire, qu'elle n'avait pas pu trouver le temps de consulter son avocat la veille. Impatient, il lui demanda franchement :

– Une réunion avec ton avocat ?

– Non, répondit-elle avec naturel, j'attends une relation d'affaires de Prague.

Elle se pencha sur lui, trouva ses lèvres sous sa fine moustache, y déposa un baiser fugace, murmura un adieu et se releva. Elle pouvait avoir franchi la porte la seconde suivante. Le cœur de Willi s'arrêta. Souhaitait-elle vraiment partir ? Un nouvel espoir surgit en lui : peut-être avait-elle, par souci de discrétion, déposé subrepticement l'argent quelque part ? Il parcourut la chambre d'un regard inquiet, angoissé, d'un point à un autre, de la table au poêle de faïence. Peut-être l'avait-elle caché sous son oreiller pendant son sommeil ? Il y glissa la main, dans un geste involontaire. Rien. Ou alors était-ce dans son portefeuille, posé près de sa montre ? Si seulement il avait pu vérifier ! D'un seul coup, il sentit, il vit, il sut qu'elle suivait son regard et le moindre de ses mouvements, moqueuse, avec une sorte de plaisir cruel. Leurs yeux se croisèrent l'espace d'un instant. Il baissa la tête, comme pris sur le fait. Elle était déjà sur le seuil, la main sur la poignée de la porte. Il voulut l'appeler, mais son nom lui resta dans la gorge, comme dans un cauchemar. Il voulut sauter hors du lit, se précipiter vers elle, la retenir : oui, il se sentait prêt à courir après elle dans l'escalier, en chemise, tel qu'il était – il s'imaginait la scène avec précision – comme cette prostituée qu'il avait vue dans un bordel de province, plusieurs années auparavant, courir après le client qui ne lui avait pas payé la passe. Elle, en revanche, réagit comme si elle avait entendu son nom, alors qu'aucun son n'était sorti de ses lèvres. Elle saisit un billet dans l'échancrure de son corsage, tout en gardant l'autre main sur la poignée :

– J'allais oublier, dit-elle.

Elle s'approcha et fit glisser l'argent sur la table.

– Voilà.

Elle se tenait de nouveau devant la porte. D'un bond, Willi s'assit au bord du lit et fixa le billet. Il n'y en avait qu'un, un billet de mille. Il n'en existait pas de plus grande valeur : il ne pouvait s'agir que d'un billet de mille.

Il l'appela d'une voix lointaine : « Leopoldine ! » Mais lorsqu'elle se tourna vers lui, la main toujours sur la poignée, le regard glacial, avec un air de surprise, la honte l'envahit, profonde, torturante, comme il n'en avait jamais ressenti. Il était trop tard à présent, il devait continuer sans se soucier de savoir jusqu'où il irait, quelle infamie il était prêt à subir. Il lâcha en un souffle, comme s'il ne mesurait plus ses paroles :

– C'est trop peu, Leopoldine, tu m'as certainement mal compris, ce n'est pas mille florins que je t'ai demandé hier, mais bien onze mille.

Puis, sous le regard de plus en plus glacial de la jeune femme, il tira instinctivement la couverture sur ses jambes nues.

Elle l'observait sans avoir l'air de comprendre tout à fait. Puis elle hocha la tête plusieurs fois comme pour signifier qu'elle venait tout juste de saisir :

– Oh, dit-elle, tu as pensé que...

Et désignant le billet d'un vague signe de tête plein de mépris :

– Cela n'a aucun rapport. Les mille florins, je ne te les prête pas, ils t'appartiennent, tu les mérites. Pour cette nuit.

Entre ses lèvres entrouvertes, il vit sa langue humide aller et venir sur ses dents étincelantes.

La couverture glissa aux pieds de Willi. Il se tenait debout ; son sang, bouillonnant, lui monta aux yeux et au front. Elle le contempla sans bouger, comme par curiosité. Le voyant incapable de prononcer un mot, elle ajouta, sur un ton provocant :

– Ce n'est pas trop peu, n'est-ce pas ? Qu'allais-tu t'imaginer au juste ? Mille florins ! Tu ne m'en as donné que dix autrefois, tu te rappelles ?

Il fit quelques pas vers elle. Leopoldine resta devant la porte, impassible. Il saisit le billet de banque d'un geste brusque, le froissa, ses doigts tremblaient, il semblait vouloir jeter l'argent aux pieds de la jeune femme. À cet instant, elle lâcha la poignée, marcha vers lui et lui fit face, les yeux dans les yeux.

– Ce n'est pas un reproche que je te fais, précisa-t-elle, je ne valais guère mieux, à l'époque. Dix florins, c'était bien assez, et même trop.

Et, fixant Willi avec plus d'intensité encore :

– D'ailleurs, pour être tout à fait exacte, c'était dix florins de trop.

Il la dévisagea, puis baissa les yeux. Il commençait à comprendre.

– Je ne pouvais pas le savoir, laissa-t-il échapper de ses lèvres, dans un murmure.

– Tu aurais dû, pourtant, lui répondit-elle. Ce n'était pas si difficile.

Il releva lentement la tête et décela un étrange reflet au fond des yeux de Leopoldine. Il avait vu la même lueur candide et gracieuse briller dans son regard lors de cette nuit écoulée depuis longtemps. Et le souvenir réapparut, plus clair que jamais, non du plaisir qu'elle lui avait donné, il l'avait éprouvé avec d'autres avant et après elle, ni des mots tendres qu'il avait aussi entendus chuchotés par d'autres lèvres que les siennes. Non, à présent, il se rappelait son extraordinaire abandon. Elle était à lui comme jamais aucune femme ne l'avait été. Il la revoyait nouant ses menus bras d'enfant autour de son cou, et des mots étouffés résonnaient en lui, ces mots et ce ton qu'il n'avait finalement peut-être jamais entendu d'une autre bouche que la sienne :

– Ne me laisse pas seule, je t'aime tellement !

Tout ce qu'il avait oublié lui revenait en mémoire. Comme elle venait de le faire à l'instant, il s'était levé à côté d'elle cette nuit-là, insouciant, irréfléchi, pendant qu'elle semblait plongée dans un doux sommeil. La scène lui apparaissait dans toute sa clarté. Après s'être rapidement demandé s'il pouvait s'en tirer à meilleur compte, il avait déposé d'un geste noble un billet de dix florins sur la table de nuit. Une fois devant la porte, lorsqu'il avait senti derrière lui peser le regard inquiet de la jeune femme qui s'éveillait peu à peu, il s'était rapidement éclipsé, regagnant sa caserne pour s'étendre quelques heures sur son lit. À l'aube, avant même de reprendre son service, il avait oublié la petite fleuriste de chez Hornig.

Tandis que chaque instant de cette nuit qu'ils avaient passé ensemble revivait en lui de manière surprenante, la lueur candide et gracieuse dans le regard de Leopoldine s'éteignait peu à peu. Elle le fixait de ses yeux froids, gris et lointains, et à mesure que le souvenir de ces heures d'amour s'estompait, montaient en lui la révolte, la colère, l'exaspération. Que lui arrivait-il ? Qu'avait-elle ainsi contre lui ? Comment avait-elle osé croire qu'il s'était offert à elle pour de l'argent ? Était-il un proxénète qui se fait payer ses faveurs ? Et elle ajoutait à cette insulte inqualifiable une insolence éhontée, en baissant le prix convenu, comme un client déçu par la prestation d'une courtisane. Le croyait-elle donc incapable de lui jeter aux pieds ses onze mille florins, si elle s'était risquée à lui verser cette somme en paiement de sa nuit ?

Alors que l'injure qu'elle méritait montait à ses lèvres, et que son poing serré se levait pour s'abattre sur la misérable, il se trouva muet et son bras s'abaissa lentement. Il se rendit brusquement compte – mais ne s'en était-il pas déjà douté auparavant ? – qu'il était prêt à vendre son corps. Pas seulement à elle, mais à toute femme qui lui eût proposé la somme providentielle. Tout en subissant les offenses cruelles et perfides de Leopoldine, et bien qu'il s'en défendît, il commença à ressentir au fond de lui l'effet de la justice implacable qui s'était manifestée dans la sinistre aventure à laquelle il s'était mêlé.

Il leva les yeux, regarda autour de lui et eut l'impression de se réveiller après avoir subi les tourments d'un cauchemar. Leopoldine était partie. Il n'avait pu ouvrir la bouche, et elle était partie. Il avait du mal à comprendre comment elle avait pu sortir de la chambre aussi vite, sans qu'il s'en rendît compte. Il remarqua qu'il tenait encore dans sa main crispée le billet de banque froissé. Il se précipita vers la fenêtre, l'ouvrit en grand avec l'intention de lui jeter les mille florins chiffonnés. Il la vit marcher au loin. Il voulut l'appeler, mais elle était trop loin pour l'entendre. Elle allait d'un pas allègre le long de l'enceinte, balançant les hanches, l'ombrelle à la main, les bords de son chapeau flottant légèrement. Elle semblait revenir d'une nuit d'amour telle qu'elle en avait probablement connu des centaines d'autres. Elle atteignit la porte cochère, la sentinelle la salua comme une personne de qualité, et elle disparut.

Willi ferma la fenêtre et revint dans la chambre. Son regard tomba sur le lit défait, sur la table encombrée des reliefs du souper, des bouteilles et des verres vides. Sa main s'ouvrit, sans le vouloir, laissant échapper le billet de banque. Il aperçut son reflet dans le miroir au-dessus de la commode. Il y vit un homme aux cheveux en désordre, des cernes sombres sous les yeux. Il frissonna, saisi d'un dégoût indescriptible à se trouver encore en chemise. Il attrapa son manteau suspendu au crochet, passa ses bras dans les manches, le boutonna et en releva le col. Il parcourut la petite pièce de long en large à plusieurs reprises, machinalement. Enfin, il s'arrêta devant la commode, comme fasciné. Il savait que son revolver se trouvait dans le tiroir du milieu, parmi les mouchoirs. Oui, il était temps à présent. Il en était arrivé au même point que l'autre, qui avait peut-être déjà franchi le pas. Ou bien attendait-il encore un miracle ? Quoiqu'il en fût, lui, Willi, avait fait tout ce qu'il pouvait, et plus encore. À cet instant il fut persuadé qu'il avait pris place à la table de jeu uniquement par amitié pour Bogner, qu'il avait provoqué le destin uniquement pour son ex-camarade, jusqu'à ce que lui-même en devînt la victime.

Le billet se trouvait dans une assiette de gâteaux entamés, là où il était tombé un moment plus tôt lorsque Willi avait desserré le poing, et paraissait à peine froissé. Il avait commencé à reprendre sa forme initiale et ne tarderait sans doute plus à redevenir lisse, parfaitement lisse, comme n'importe quelle feuille de papier. Personne ne pourrait alors le soupçonner d'avoir été le fruit d'une transaction honteuse, gagné dans ce que l'on appelle le péché. Au demeurant, cela n'avait plus d'importance, ce billet lui appartenait, il faisait partie de son patrimoine, pour ainsi dire. Un sourire amer se dessina sur ses lèvres. Il pouvait le léguer à qui il voulait, et s'il existait une personne à qui ces mille florins devaient revenir, c'était bien Bogner. Il éclata d'un rire nerveux. À la bonne heure ! Oui, il lui restait encore à régler cette affaire. Il fallait espérer que Bogner n'avait pas cherché à y mettre un terme plus tôt que prévu. Pour lui le miracle s'était produit ! Il suffisait d'attendre.

Que faisait donc Joseph ? Il savait pourtant qu'aujourd'hui était un jour de manœuvres. Willi aurait dû être prêt à trois heures précises, et il était quatre heures et demie. Le régiment était parti depuis longtemps de toute façon. Il ne l'avait même pas entendu, tant son sommeil avait été profond. Il ouvrit la porte de l'antichambre et vit son ordonnance assis là, sur un tabouret, près du petit poêle de fonte. Il se mit immédiatement au garde-à-vous :

– Au rapport, mon lieutenant. J'ai déclaré le lieutenant malade.

– Malade ? Qui vous a permis de… Ah, bien…

Leopoldine ! Elle aurait également pu donner l'ordre de le déclarer mort, c'eût été plus simple.

– C'est bien. Faites-moi du café, dit-il, et il ferma la porte.

Où se cachait donc cette carte de visite ? Il chercha, fouilla les tiroirs, scruta le plancher, inspecta tous les coins, arpenta la pièce comme si sa vie en dépendait. En vain. Elle demeurait introuvable. Ainsi le miracle ne devait finalement pas avoir lieu. Ainsi Bogner était aussi malchanceux que lui, et leurs destins se trouvaient liés à jamais. Soudain, il aperçut une tache blanche dans la niche du poêle. C'était la carte. L'adresse y était inscrite : 20, rue des Piaristes. À quelques pas de là. Et puis ? Que se serait-il passé s'il avait habité plus loin ? Il avait donc bien de la chance, ce Bogner. S'il n'était pas arrivé à retrouver la carte ?

Il prit le billet de banque, le contempla longuement, le regard perdu dans le vague, le plia, le glissa dans une feuille de papier blanc, se demanda d'abord s'il devait écrire quelques mots d'explication, puis haussa les épaules : à quoi bon ? Et il se contenta d'inscrire l'adresse sur l'enveloppe : « Au lieutenant Otto von Bogner. » Lieutenant, oui ! Il lui redonnait son grade, de sa propre autorité. Après tout, on restait officier, quoi qu'on ait fait, ou on le redevenait en payant ses dettes.

Il appela Joseph et lui ordonna de porter la lettre.

– Mais remuez-vous !

– Y a-t-il une réponse, mon lieutenant ?

– Non. Vous la lui donnerez en main propre et… il n'y a pas de réponse. Ne me réveillez pas en revenant, quoi qu'il arrive. Laissez-moi dormir jusqu'à ce que je me réveille de moi-même.

– À vos ordres, mon lieutenant.

L'ordonnance claqua les talons, fit demi-tour et s'en alla prestement. Une fois dans l'escalier, il put entendre derrière lui la clé tourner dans la serrure.

Chapitre XV

Trois heures plus tard, on sonna à la porte de l'antichambre. Joseph, qui était revenu depuis longtemps et s'était assoupi, se réveilla en sursaut et alla ouvrir. Devant lui se dressait Bogner, à qui il avait remis une lettre trois heures plus tôt, conformément à l'ordre qu'il avait reçu.

– Le lieutenant est-il chez lui ?

– Désolé, mais le lieutenant dort.

Bogner consulta sa montre. Tout de suite après l'inspection qui s'était déroulée sans problème, il s'était libéré une heure car il avait absolument besoin de remercier son sauveur sur le champ. Il tenait beaucoup à ne pas perdre trop de temps. Impatient, il se mit à faire les cent pas dans l'antichambre.

– Le lieutenant n'est-il pas de service aujourd'hui ?

– Le lieutenant est malade.

La porte donnant sur l'escalier était restée ouverte, et le médecin-major Tugut entra.

– Oui, monsieur le médecin-major.

– Puis-je lui parler ?

– Le lieutenant est malade, monsieur le médecin-major. Il dort.

– Annoncez-moi : médecin-major Tugut.

– À vos ordres, monsieur le médecin-major, mais le lieutenant a donné la consigne de ne pas le réveiller.

– C'est urgent. Réveillez-le, j'en prends la responsabilité.

Tandis que Joseph, après un infime moment d'hésitation, frappait à la porte, Tugut lança un coup d'œil méfiant au civil debout dans l'antichambre. Bogner se présenta. Le nom de l'officier qui avait été contraint de quitter l'armée dans des conditions honteuses n'était pas inconnu du médecin-major, mais il fit semblant de rien et se présenta à son tour. On omit de se serrer la main.

Aucun bruit ne parvenait de la chambre du lieutenant Kasda. Joseph frappa plus fort, colla son oreille à la porte, haussa les épaules et dit sur un ton rassurant :

– Le lieutenant a toujours le sommeil très lourd.

Bogner et Tugut se regardèrent l'un l'autre, et la barrière qui les séparait tomba. Le médecin-major s'approcha de la porte et appela Kasda par son nom. Pas de réponse. « Étrange », dit Tugut, le front plissé de rides. Il appuya sur la poignée, en vain.

Joseph pâlit, ouvrant de grands yeux.

– Allez chercher le serrurier de la caserne, ordonna Tugut, dépêchez-vous !

– À vos ordres, monsieur le médecin-major.

Bogner et Tugut se retrouvèrent seuls.

– Incompréhensible, déclara Bogner.

– Êtes-vous au courant, monsieur... von Bogner ? demanda Tugut.

– Monsieur le médecin-major veut-il parler de la partie de cartes et de son issue malheureuse ? En effet, répondit-il en voyant Tugut acquiescer de la tête.

– Je venais voir où en était l'affaire, commença Tugut d'un ton hésitant. La somme, a-t-il réussi à la... Savez-vous quelque chose, monsieur von Bogner ?

– Je ne sais rien du tout, répondit Bogner.

Tugut retourna à la porte, la secoua, appela Kasda. Pas de réponse.

Bogner, placé à la fenêtre, dit :

– Voilà Joseph qui revient avec le serrurier.

– Vous étiez son camarade ? demanda Tugut.

Un frisson fit trembler les lèvres de Bogner :

– Oui. Je suis celui qui...

Tugut ne tint pas compte de ses paroles.

– Il arrive parfois qu'après de grandes émotions, commença-t-il... On peut aussi supposer qu'il n'a pas fermé l'œil la nuit dernière.

– Hier matin, en tout cas, il n'était pas encore en possession de la somme, précisa Bogner.

Tugut, qui envisagea que Bogner apportait peut-être une partie de l'argent, l'interrogea du regard, mais il répondit :

– Je ne suis malheureusement pas parvenu à... me procurer le nécessaire.

Joseph apparut, immédiatement suivi du serrurier de la caserne, un homme très jeune, bien en chair, aux joues rouges, portant l'uniforme du régiment et muni de ses outils. Tugut asséna à nouveau de violents coups à la porte, une dernière tentative durant laquelle ils retinrent tous leur respiration quelques instants. Rien ne bougea.

– Allez-y, dit Tugut en direction du serrurier, lui désignant la porte d'un geste autoritaire. Celui-ci se mit immédiatement au travail. La tâche ne présentait pas de difficulté. Au bout de quelques secondes, la porte était forcée.

Le lieutenant Wilhelm Kasda, vêtu de son manteau dont il avait relevé le col, était adossé au divan de cuir noir, face à la fenêtre, les paupières à demi closes, la tête inclinée sur la poitrine. Son bras droit pendait par-dessus l'accoudoir, et le revolver gisait sur le sol. Un mince filet de sang pourpre s'écoulait de sa tempe le long de sa joue, pour disparaître dans le col de sa tunique. Bien qu'ils y fussent tous préparés, ce qu'ils virent les bouleversa. Le médecin-major fut le premier à s'approcher. Il saisit le bras qui pendait, le souleva, le relâcha, et le membre reprit immédiatement sa position initiale, inerte, par-dessus l'accoudoir. Tugut n'en resta pas là. Il déboutonna le manteau de Kasda, et la chemise froissée, grande ouverte, apparut. Sans réfléchir, Bogner se baissa pour ramasser l'arme.

– Halte ! cria Tugut, l'oreille contre la poitrine du mort. Tout doit rester comme on l'a trouvé.

Joseph et le serrurier se tenaient encore sur le seuil, pétrifiés. Le serrurier haussa les épaules et, inquiet, lança un regard gêné à Joseph, comme s'il se sentait en partie responsable du spectacle qui s'était offert à eux lorsqu'il avait forcé la porte.

On entendit quelqu'un monter l'escalier, lentement d'abord, puis de plus en plus vite, jusqu'à s'arrêter tout à fait. Le regard de Bogner se tourna machinalement vers l'entrée. Un vieil homme apparut par la porte laissée entrouverte. Il portait un costume clair, un peu élimé et avait la mine aigrie d'un acteur raté. Incertain, il laissa ses yeux errer à travers la pièce.

– Monsieur Wilram ! appela Bogner. Son oncle, souffla-t-il au médecin-major qui se relevait après avoir fini d'examiner le cadavre.

Robert Wilram ne comprit pas immédiatement ce qui s'était passé. Il vit son neveu adossé au divan, le bras pendant, inerte, et souhaita s'approcher de lui. Il craignait qu'un drame se fût produit, mais il ne voulait pas l'admettre. Le médecin-major le retint, posant la main sur son bras.

– Hélas, il est arrivé un malheur. Il n'y a plus rien à faire.

Et comme le vieil homme le fixait du regard sans paraître comprendre :

– Je suis le médecin-major Tugut. La mort a dû le frapper il y a déjà quelques heures.

Robert Wilram porta la main droite à la poche intérieure de sa veste, un geste qui sembla très étrange à tous, brandit brusquement une enveloppe et l'agita en l'air.

– Mais je te l'ai apporté, Willi ! cria-t-il, croyant peut-être réellement pouvoir ainsi le ramener à la vie.

– Voici l'argent, Willi ! Elle me l'a donné ce matin. Les onze mille florins, Willi, les voilà !

Il se tourna vers les autres et s'écria d'une voix suppliante : « C'est le montant exact, messieurs, je vous l'assure. Onze mille florins ! » comme si, maintenant que l'argent était là, ils devaient au moins essayer de ranimer ce corps sans vie.

– Trop tard, hélas, dit le médecin-major.

Il se tourna vers Bogner :

– Je vais faire mon rapport.

Puis il ajouta sur un ton autoritaire qui sonnait comme un ordre :

– Le cadavre doit être laissé dans la position où il a été découvert.

Enfin, il adressa un regard à l'ordonnance et lui lança avec gravité :

– Vous êtes responsable de l'application de cette consigne.

Avant de partir, il fit demi-tour une dernière fois et serra la main de Bogner.

Bogner pensait : *Où donc a-t-il bien pu trouver ces mille florins ?* Son regard tomba sur la table qui avait été éloignée du divan. Il remarqua les assiettes, les verres, la bouteille vide... *Deux verres ? Est-il allé chercher une fille pour passer sa dernière nuit ?*

Joseph fit quelques pas en direction du divan, à côté du lieutenant défunt. Il restait là, debout et raide comme une sentinelle. Pourtant il ne réagit pas lorsque Robert Wilram s'approcha brusquement du mort, les mains tendues vers le ciel, implorantes, dont l'une tenait encore l'enveloppe avec l'argent. « Willi ! » Il secoua la tête, désespéré. Puis il s'effondra aux pieds du mort, et fut alors si près de lui qu'il sentit un parfum étrangement familier se dégager de la poitrine nue et de la chemise fripée. Il le huma et leva les yeux vers le visage du mort, comme s'il avait voulu l'interroger.

De la cour, on entendait les pas réguliers du régiment qui revenait de manœuvres. Bogner préféra partir avant que d'anciens camarades ne pénétrassent dans la chambre, ce qui n'allait pas manquer d'arriver. Sa présence ici était superflue, désormais. Il adressa du regard un dernier adieu au mort qui, immobile, restait adossé au divan, puis il dévala l'escalier aussi vite qu'il pouvait, suivi du serrurier. Il attendit près de la porte cochère que le régiment eût fini de défiler, puis il se glissa vers la sortie, en longeant le mur.

Robert Wilram, toujours agenouillé devant le corps sans vie de son neveu, parcourut à nouveau la pièce du regard. Ce ne fut qu'à cet instant qu'il aperçut la table, avec les restes du repas, les assiettes, les bouteilles, les verres. Au fond de l'un d'eux luisait encore quelques gouttes dorées. Il demanda à l'ordonnance :

– Le lieutenant a-t-il eu de la visite, hier soir ?

Des bruits de pas dans l'escalier. Un tumulte de voix. Robert Wilram se releva.

– En effet, répondit Joseph, dont le maintien restait celui d'une sentinelle. Jusque tard dans la nuit : un camarade.

Et l'idée absurde qui avait un moment traversé l'esprit du vieil homme s'évanouit tout à fait.

Les bruits de pas et les voix se rapprochèrent.

Joseph se tint plus raide que jamais. La commission d'enquête entra.

Table des matières

Repères biographiques 7

Repères bibliographiques 15

Les Dernières Cartes 23

Extrait du catalogue

Charles Baudelaire, *De l'essence du rire*
Camillo Boito, *Senso*
Joseph Conrad, *Des souvenirs*
Joseph Conrad, *Le Miroir de la mer*
Stephen Crane, *Le Bateau ouvert*
Stephen Crane, *La Conquête du courage*
Thomas Hardy, *Le Maire de Casterbridge*
Henry James, *L'Élève*
Yasunari Kawabata, *Nuée d'oiseaux blancs*
Valery Larbaud, *Allen*
Herman Melville, *Le Grand Escroc*
Jules Renard, *L'Écornifleur*
Joseph Roth, *Les Fausses mesures*
Lucien de Samosate, *L'Ignorant Bibliomane*
Victor Segalen, *Un grand fleuve*
M. E. Saltykov-Chtchédrine, *Les Golovlev*
Arthur Schnitzler, *Les Dernières cartes*
Arthur Schnitzler, *Le Sous-lieutenant Gustel*
Anton Tchékhov, *Trois années*
Anton Tchékhov, *Le Violon de Rothschild*
Ivan Tourguéniev, *Dimitri Roudine*
Ivan Tourguéniev, *Fumée*
B. Traven, *Le Trésor de la Sierra Madre*

Achevé d'imprimer en Juin 2022
par ISI print
139, rue Rateau
93120 La Courneuve

Imprimé en France

Dépôt légal : 4e trimestre 2009